무기모토
산포는
오늘이 좋아

무기모토 산포는 오늘이 좋아

스미노 요루 지음 | 이소담 옮김

소미미디어
Somy Media

차례

무기모토 산포는
걷는 게 좋아

무기모토 산포라는 인간이 있다.

만약 주변 사람들이 산포를 모르는 사람에게 그녀가 어떤 인물인지를 설명한다면 이렇게 말할 것이다. 멍하다, 많이 먹는다, 덜렁댄다, 얼빠졌다.

당사자인 산포로 말하면 주위의 그런 평판을 도무지 받아들이지 못한다. 짚이는 점은 많다. 그렇지만 받아들이지 못한다. 조금만 표현을 바꿔주면 좋겠다.

자신은 매사에 집중하는 타입이고 음식 맛을 음미할 줄 알고, 사소한 실수를 종종 저지르며, 뭐 얼빠진 점에 한해서는 변환할 말이 딱 떠오르진 않으나, 아무튼 주변에서 안 좋은 쪽으로만 자신을 표현한다고 산포는 주장한다.

그러나 분명히, 아주 조금 멍하거나 덜렁대거나 얼빠진 행동 때문에 주변에서 쓴소리를 들을 때가 많은 것은 본인도 자각하고 있다. 선배들의 질책을 매일같이 아프다고 생각한다. 오늘은 특히 아팠다. 물리적으로. 움푹 꺼졌다. 틀림없이 물리적으로.

산포도 여성이다. 지금처럼 어둑어둑한 길을 걸을 때나 조용한 곳에서는 나름대로 신변에 닥칠지 모르는 위험에 주의를 기울이지만, 직장에서 선배가 날리는 잽에는 주의하지 못했다.

편의점 봉지를 달랑거리며 터벅터벅 퇴근길을 걸었다. 내일 혹이 생기진 않을까. 공격받은 곳을 문지른다. 실제로는 손날이 정수리에 퐁 올라왔을 뿐이라 혹은커녕 머리카락조차 흐트러지지 않은 장난이었으나, 프로레슬러 정신이 있는 산포는 제대로 된 공격을 받은 쪽답게 소란을 떨어 보였다. 으악, 얻어맞았어! 폭력 사건이야, 손해 배상이야, 전쟁 반대야.

뭘 위해서 모였는지 모를 데모 행진을 머릿속으로 시작해보는 산포. 애초에 근본적으로 따지면 그녀가 잘못했다. 낮에 사무실 부엌에서 내린 뜨거운 커피를 들고 가다가 바닥에 놓인 상자를 미처 보지 못하고 발이 걸렸다. 거기엔 머피의 법칙처럼 서류라는 것이 놓여 있었으니 운도 없다. "컵을 네 책상에 놓고 따라야지!" 다른 사람들에게 들리지 않을 정도로 소곤거리는 선배의 호통과 아마도 여분의 에너지가 실체화한 잽이 머리 위에 올라왔다. 남은 에너지는 그냥 남겨두라고.

투덜거리며 아까 편의점에서 산 주먹밥을 뜯었다. 연어 주먹밥. 저녁은 지금부터 집에 가서 만들 거지만 배가 고팠다. 연어를 고른 이유는, 푹 꺼진 머리가 단백질로 원상 복귀되지 않을까 싶어서. 꺼지는 것도 낫는 것도 기분 문제다.

비닐을 벗기면 김이 둘리는 삼각김밥이 아니라 김이 미리 둘린 동그란 주먹밥을 골랐다. 파삭파삭한 김도 좋아하지만 밥에 달라붙어 흐물흐물해진 김도 좋아한다. 동그란 주먹밥을 덥석 물자 흐물흐물한 감촉 다음으로 밥이 뭉텅 깎이는 듯한 식감, 연어의 짭조름한 맛이 곧바로 느껴지며 냄새가 코를 찔렀다. 두 번 세 번 곱씹자 입안이 연어 주먹밥 맛으로 물들었다.

"으흐응."

산포의 기분이란 이런 것이다.

두 입째, 먹는 데 서툴러서 김이 윗니에 달라붙었다. 열심히 혀로 떼어내려고 하는데 도무지 쉽지 않다. 어쩔 수 없이 입에 손가락을 쑤셔 넣고 긁어 떼어냈다. 막 뗐을 때, 교복을 입은 남자 고교생이 옆을 지나갔다. 수치심, 보다는 후련한 심정과 김의 독자적인 맛이 산포 안에서는 우위를 점했으니 축하할 일이다.

주먹밥을 다 먹었을 즈음에는, 선배에게 당한 일은 산포의 생활에서 무의미해졌다. 산포에게는 이런 장단점이 있다.

발걸음도 가벼워져서, 산포는 집으로 가는 길을 활기차게 사뿐사뿐 걸었다. 역에서 집까지의 거리는 국도와 주택가를 보통 걸음으로 걸어서 20분. 늘 그렇듯이 오늘도 출근용인 회색 뉴발란스를 신고 한 발 한 발 앞으로 나아갔다. 큼지막한 N이 귀여워서 산포가 아끼는 브랜드다.

산포는 걷는 것 그 자체를 좋아한다.

지금은 일을 마치고 귀가한다는 목적으로 걷고 있지만, 평소에도 산포는 자주 집 주변을 어슬렁거린다. 어슬렁어슬렁 어슬렁어슬렁. 성별에 따라서는 십중팔구 수상쩍게 여겨질 테고, 사실 같은 집 앞을 몇 번이나 지나는 바람에 마당에서 놀던 아이들이 째려본 적도 있다. 물론 쏜살같이 내뺐다. 부모가 나오면 변명할 자신이 없다.

걷는 것을 좋아하는 이유에 대해서, 산포는 발을 앞으로 내밀기만 하면 그만이어서라고 생각한다. 몹시도 무의미하고 얼빠진 이유지만, 산포는 진심으로 그렇게 생각하고 그 무의미함이 소중하다고도 생각한다.

어디선가 누군가가 이렇게 말했다. 무의미하게 산책할 수 있는 사람이야말로 가치 있는 인간이다, 라고.

아직 제대로 된 의미는 이해 못 했으나 산포 마음에 쏙 드는 말이다. 어떤 의미에서 자신도 무의미하게 산포로 살아가는, 세상 무엇보다 소중한 인간인 셈이니까.(산책을 일본어로 '산포'라고 읽는다—옮긴이) 그 말을 떠올릴 때마다 이런 생각을 하며 속으로 우쭐한 표정을 짓는다. 속으로만 자제하는 이유는, 친구에게 실제로 말했더니 "뭐래" 하고 어이없어했기 때문이다. 생각한 바를 뭐든 다 말해도 되는 건 아님을 그때 배웠다.

요컨대 산포는 무사태평한 무의미함도 중요하다고 생각한다. 무의미한 것과 중요하지 않은 것은 다르다. 무의미는 의미를 띄워주는 역할이 아니다. 무의미한 일상이 있기에 의미 있는 날이 소중하게 여겨지는 것 아닐까.

무의미한 나날도 의미 있는 순간도 전부 소중하고, 그게 가장 좋은 법이라고 속 편하게 생각한다.

그렇다, 그러니까 직장에 성심성의껏 헌신하는 선배도, 오히려 마이너스가 크다고 여겨질 자신도 전부 소중하고 그게 가장 좋은 법이라고 자기 자신을 긍정해둔다.

오늘도 산포는 의미 없이 여기저기 기웃거리며 돌아갈지도 모른다. 의미 없이 젓가락으로 카레를 먹어볼지도 모르고, 의미 없이 팔부터 욕조에 들어가고, 의미 없이 문자가 그저 빙글빙글 돌 뿐인 인터넷 동영상을 보고, 의미 없이 다리를 평소와 반대로 두고 잘 수도 있다.

그런 일이 즐거워 어쩔 줄 모르는 산포의 일상은 오늘도 좋아하는 것으로 넘친다.

무기모토 산포는
도서관이 좋아

무기모토 산포는 17년간 학교에 다니는 중이다. 초등학교, 중학교, 고등학교, 대학교. 그리고 대학교를 졸업하고서도 산포는 학교에 계속 다닌다. 대학원생이 된 것은 아니다. 아직도 매일 학교에 다닌다고 말하면 "공부를 그렇게 좋아했니?"라며 친구가 종종 놀리곤 하는데, 좋아하지 않는다. 좋아하지 않는데도 그게 유일한 특기라는 슬픔은 있으나, 지금 그런 이야기는 됐다.

산포의 직장이 대학 안에 있다. 대학 안에 우뚝 솟구친 건물. 대학 도서관에서 산포는 일하고 혼나고 가끔 칭찬받고, 또 혼나면서 매일을 산다.

혼나는 건 당연히 싫지만, 산포는 기본적으로 도서관에서 하는 일이 마음에 들었다. 책을 좋아한다는 이유로 대학 시절에 사서 자격증을 땄다. 책을 만지는 일이라면 도서관 직원 이외에도 출판사 직원이나 서점 직원의 길도 있었지만, 산포가 도서관 직원을 선택한 결정적인 이유는 그 장소의 냄새 때문이다.

산포는 어려서부터 도서관에 다녔던 인간이었다. 책도 좋아하거니와 문이 열린 순간 느껴지는, 과거에서부터 미래, 나아가 바다와 시공조차 뛰어넘은 것만 같은 도서관의 냄새가 좋았다. 어른이 되고 나서, 도서관에는 아주 오래된 책도 소장되어 있어서 그 종이와 잉크, 또 서점에는 없는 소복한 먼지가 특별한 냄새를 느끼게 한다는 사실을 안 후에도 실망하지 않았다. 산포에게 그 냄새는 몇 살이 되어도 시간을 뛰어넘어 이끌릴 냄새가 분명하다. 대학 도서관에 입사한 것은 연고가 있어서지만, 생각해보면 역사와 먼지로 가득 뒤덮인 도서관에 이끌렸는지도 모른다.

좋아하는 공기 속에서 일할 수 있으니까 행복하다. 그건 분명 맞으나, 당연히 일이니까 만만치 않다.

오늘 오전 중에도 실수를 저질렀다. 그것도 총 열세 명의 직원을 총괄하는, 평소에는 다정한 리더 안경남에게 불려가 호되게 혼나는 수준의 실수. 평소에는 점심시간 10분 전부터 신바람이 나는 산포도 입술을 한일자로 다물고 미간에 잔뜩 주름을 잡았다. 반성하는 척하는 연기가 아니다. 산포에게 그런 대담한 면은 없다. 그저 이 사회의 혹독함을 생각하고 있었다.

그 표정 그대로 휴게실로 쓰는 직원 사무실로 들어가자, 먼저 쉬러 와서 도시락을 열려던 다정한 선배가 산포의 얼굴을 보고 웃음을 터뜨렸다.

"왜 그래, 산포?"

"……노동이란 쉽지 않다고 생각해서유."

버벅댔다. 그러자 다정한 선배가 또 웃었다.

"네 경우는 노동 그 이전의 문제지."

뒤따라 휴게실로 들어온 산포의 담당 사수 격인 무서운 선배가 기가 막힌다는 듯이 지적하며 산포 뒤를 지나갔다. 흠칫해서 돌아봤으나 이미 그곳에 선배는 없다. 선배는 앞치마를 벗으며 탈의실로 사라졌다.

산포가 긴장을 풀고 얼굴 방향을 돌리자, 다정한 선배가 키득키득 웃었다.

"무슨 일이었는데?"

사람에게서 대답을 끌어내는 다정한 미소. 틀림없이 이

얼굴에 넘어가 내장까지 끄집어내놓고 죽은 남자들이 있겠다고 생각하면서도, 산포는 이 선배에게 마음을 허락했다. 산포는 점심을 먹을 때 써도 되는 책상 하나에 앉았다가 아, 깜박했네, 선배에게 도시락을 가지고 오겠다고 선언하고 옆의 탈의실로 들어갔다. 무서운 선배와 엇갈린 덕분에 좁은 공간에서 둘만 있지 않아도 돼 안심했다. 이 선배는 아예 맨손으로 내장을 끄집어낼지도 모른다.

가방에서 도시락을 꺼내고 휴게실로 돌아오자, 다정한 선배가 또 기분 좋은 듯이 웃었다. 무서운 선배는 부루퉁한 표정이다. 산포와 근무 시간이 자주 겹치는 이 두 여성은 언제나 이런 분위기인데, 최근 이럴 때면 산포가 자주 이야깃감이 된다. 그것 자체는 기쁘다, 내용이야 어쨌든.

나란히 앉은 두 사람. 아까 앉으려고 했던 자리는 무서운 선배의 정면이다. 솔직히 다정한 선배 앞에 옮겨 앉고 싶다. 과연 그럴 배짱이 있는가 하면, 당연히 선배를 대놓고 피할 배짱은 없으므로 얌전히 무서운 선배 정면에 앉았다.

"산포, 교수님을 넘어뜨렸다며?"

다정한 선배가 더는 못 참겠다는 듯이 던진 질문에, 산포는 일부러 저지른 일도 아닌데 긍정하는 것도 좀 아니라고 생각해 어중간하게 대답했다. "글쎄요."

"서두를 때라도 주변을 확인해. 그리고 이상한 동작도 하지 말고."

"이상한 동작!"

밖에까지 들리지 않도록 소리 죽여 손뼉을 치며 웃는 다정한 선배. 폭소를 선사해서 기쁘지만 무서운 선배의 말투는 못마땅하다.

이상한 동작이라니, 과장이 심하다. 그저 쪼그리고 앉아 작업하는 도중에 이름이 불려서, 최대한 빨리 도움을 요청한 사람 앞에 찾아뵙고자 크라우칭 스타트(단거리 육상 경주 때 준비 자세. 두 손을 어깨너비보다 넓게 벌려 출발선 뒤에 짚고 무릎을 굽혀 상체를 기울인다—옮긴이) 자세를 취했다. 그러다가 뒤로 뻗은 다리에 우연히 지나가던 대학교수가 걸려서 넘어졌을 뿐이다. 뭐 그렇게 엄청난 일도 아니다. 안경이 날아갔다지만 바닥은 카펫이었는걸.

"대학교수여서 안 좋았어요……."

산포가 일단은 반성하는 기색을 보이려 했는데, 무서운 선배가 "누구든 안 되지"라고 당연한 지적을 했다. 산포는 '만약 운동부 학생이라면 낙법을 하지 않았을까?'라고 생각했으나 말하지 않았다. 무서우니까.

"뭐, 산포니까." 다정한 선배의 조금 엇나간 옹호에도 무서운 선배는 넘어가주지 않았다. 산포는 고개를 다른 때보다 깊이 숙여 기척을 죽이고 도시락을 열었다. 산포의 점심은 도시락인 날과 편의점 혹은 식당인 날이 대충 반반이다. 도시락을 싸야겠다고 전날에 생각하고 완수하는 날과 전날이나 혹은 당일에 귀찮다고 생각하는 날이 대충 반반. 산포로서는 일주일에 절반이나 도시락을 싸고 있으니까 정말 훌륭하다고 생각한다. 그래서 누가 칭찬해주면 좋겠다고 바라나, 살아가는 것을 칭찬해주는 사람은 기본적으로 없으므로 최소한 좋아하는 반찬을 넣어 자기가 자기를 칭찬해준다.

오늘 메뉴는, 2단짜리 도시락의 상단에 냉동 햄버그스테이크와 달걀부침, 시금치나물과 편의점에서 산 조림 반찬, 하단에 빵빵하게 채운 밥 밥 밥.

따로 챙겨 온 김과 달걀 맛 후리카케 봉지를 꺼내 밥 위에 뿌리는데, "산포" 하고 머리 위에서 목소리가 들렸다.

"네이엥."

괴상한 소리를 내고 말았다. 고개를 들자, 무서운 선배가 편의점에서 산 샐러드의 포장을 뜯고 있었다.

"토마토 먹을래?"

"자, 잘 먹겠슴다."

버벅댔다. 토마토를 싫어하는 귀여운 면이 있는 무서운

선배는 나무젓가락을 뜯어 토마토를 집고 산포 쪽으로 팔을 뻗었다. 어떻게 받으면 되는 거지, 젓가락은 안 되잖아. 예전에 입으로 직접 받으려 했다가 혼난 적이 있다. 모처럼 생토마토인데 다른 맛과 뒤섞는 것도 싫은걸. 어쩔 수 없이 산포가 두 손을 사발처럼 모아 내밀자, 선배가 고개를 돌리고 빵 터져서 웃더니 곧 샐러드 뚜껑에 토마토를 덜어 주었다.

산포 본인이 어떻게 생각하는지는 몰라도, 산포는 선배들에게 마스코트 같은 존재로 귀여움을 받는다. 그런 선배들과 함께하는 기쁘고 쑥스러우면서 무서운 식사 시간은 순식간에 끝났고, 잠깐 책을 읽으며 빈둥거리고 있으려니 점심시간이 금방 끝났다.

또 일해야지, 사회인다운 생각을 하며 도서관 접수 카운터로 들어가자 교대로 휴식에 들어가는 다른 선배, 산포가 이상한 선배라고 당연히 속으로만 호칭하는 여성이 다가왔다.

"산~포. 책이 쌓였으니까 배가(配架)하러 다녀오고, 하는 김에 이 책을 찾는 임무를 너에게 맡기겠노라, 쫑쫑."

이상한 선배는 제목과 저자 이름 등의 서적 정보를 적은 종이를 산포에게 건네고, 산포의 콧등을 두 번 꼬집은 뒤 휴식하러 들어갔다. 평소 살아가면서 사람과 나름대로 거리감을 유지하는 산포는, 여태껏 무슨 생각인지 도무지 모를 그녀의 거리감이 곤혹스럽다. 괜히 자기 코를 만지작거린 뒤, 카운터에 있는 직원들에게 배가하러 다녀오겠다고 전했다.

"사람 넘어뜨리지 말고."

리더가 농담을 섞어 경고하자 그 자리에 있던 모두가 소리를 죽여 웃었다. 산포는 도망치듯이 책이 잔뜩 담긴 북 카트를 밀며 그 자리를 떠났다.

'배가'라는 단어를 산포가 처음 들은 것은, 대학생 시절 사서 자격을 따려고 강의를 들을 때였다. 간단히 설명하면, 도서관에 새로 들어온 책이나 반납된 책을 서가에 꽂는 것. 그게 배가다.

산포는 이 작업이 좋았다. 도서관 안을 어슬렁거리며 일하니까 선배들 시선에서 벗어날 수 있고 카운터에서 도서관 이용자를 상대하지 않아도 된다는 간사한 마음도 있긴 있지만, 긍정적인 이유도 있다. 책이 무사히 집에 도착하는 모습을 마지막으로 지켜보는 작업이기 때문이다.

도서관에는 사실 소재 불명본이 몹시 많다. 그중에는 계속 발견되지 않다가 소장 중이라는 데이터를 삭제해야 하는 책도 있다. 그럴 때, 산포는 미아가 되어 돌아오지 못하는 책을 상상하고 심장이 아릿하게 서늘해지는 감각을 느낀다.

그래서 배가 작업을 통해 본디 있어야 할 곳에 되돌아가는 책을 보면 안심되고 기쁘다. 어서 오렴, 말을 걸고 싶어진다. 말을 걸었다가 이용자가 겁먹은 눈으로 쳐다본 이후로는 그러지 않기로 했지만.

책을 실은 카트와 함께 엘리베이터로 4층까지 올라갔다. 4층에는 사전 같은 대형 도서용 서가가 있다. 이곳 도서는 대부분 대여 불가여서 배가하러 오는 일이 드문데, 오늘은 딱 한 권 새로 도착한 백과사전이 있었다.

4층은 이용자도 적다. 이곳의 고요함은 산포에게 번잡함에서 빠져나온 기분을 느끼게 해준다. 다만 서가와 서가 사이에서 심호흡하면 먼지 때문에 재채기를 할 수 있으니 주의가 필요하다. 콜록콜록.

근육 트레이닝 용도인가 싶을 정도로 무거운 백과사전이 꽂힌 서가에 어떻게든 공간을 만들어 새로운 한 권을 동료로 넣었다. 기분 탓일까, 책들도 동료가 늘어나 기뻐하는 것 같다.

다음은 카트와 함께 엘리베이터를 타고 3층으로 내려갔다. 이상한 선배가 건넨 쪽지에는 책을 번호와 알파벳으로 분류하기 위한 청구기호도 빠짐없이 적혀 있었다. 900번대니까 소설, 3층에 있어야 할 책이다. 미아가 된 책도 찾아질

때는 금방 찾을 수 있다. 대부분 청구기호를 잘못 봤거나 이용자가 그 주변에 대충 놓아둔 경우다. 귀찮긴 해도 이번에도 그 정도 미아라면 좋겠는데.

3층에는 비교적 사람이 있다. 자주 오는 사람부터 처음 보는 사람까지. 부탁이니까 아무도 문제 행동은 하지 말아 주세요, 떨리는 심장을 안고 서가가 늘어선 자유열람실로 발을 들였다. 문제 있는 행동 자체도 싫거니와 직책상 그 행동을 지적해야 하니까 더 싫다. 제일 싫은 것은, 외부에서는 상식적으로 회색 존에 해당하나 도서관에서는 상식적으로 안 되는 종류다. 예를 들어 페트병 음료를 마신다거나. 차라리 예전에 딱 한 번 목격했던 관내에서 컵라면을 먹는 수준이라면 정의는 이쪽에 있다는 태도로 경고할 수 있고, 최종적으로는 무서운 선배를 부르면 일격에 퇴치해주니까 나을 텐데.

이용자를 바퀴벌레처럼 취급하면 안 된다고 생각하면서 산포는 3층의 책들을 서가에 정성껏 귀가시켰다. 전부 복귀시킨 후, 산포는 카트를 층의 한갓진 곳에 놓았다. 선배가 수색을 부탁한 책을 찾으러 가기 위해서. 도서관 서가의 측면에는 각각 꽂힌 책의 청구기호 범위가 적혀 있으므로 책이 있어야 할 대략적인 위치는 금방 알 수 있다. 여기네 여기, 조용히 중얼거리며 방향을 꺾었는데 그곳에 갈색 머리 소녀가 한 명 쭈그려 앉아 있었다.

순간 산포는 몸 상태라도 안 좋은가 싶어 걱정했는데, 그녀는 검지를 책에 대고 빤히 쳐다보고 있다. 아마도 원하는 책을 찾는 중이리라 짐작하고 안심했다.

산포가 같은 서가 앞에 서자, 갈색 머리 소녀가 힐끔 산포를 확인하는 것이 대충 느껴졌다. 눈이 마주치면 곤란하니까 산포도 목적한 책을 찾기로 했다.

그랬는데.

"언니."

뜨아아악, 비명을 지를 뻔한 것을 필사적으로 억누르고, 산포는 그 에너지를 펄쩍 뛰어오르는 것으로 변환해 절규라는 최고의 매너 위반을 회피했다. 순식간에 땀범벅이 되어 옆을 보는데, 그 갈색 머리 소녀가 말 그대로 눈과 코 바로 앞에 있어서 이번에는 "히익" 하는 비명이 터졌다. 터트린 후이니 의미는 없으나 일단 입을 틀어막고 물러나자, 소녀는 멍한 표정을 짓더니 곧 소리 죽여 웃었다. 자기가 말을 걸었으면서, 하고 산포는 자기의 과잉 비명을 남 탓으로 돌렸다.

"뭘 그렇게 놀라요?"

"그그그, 그쪽이 갑자기 말을 거니까."

"그래도 도서관에서 큰 소리를 내면 안 되잖아요? 조금 전에 언니처럼."

그러니까 가깝다니까요, 라는 말 대신에 산포는 "가, 간신히 참았는걸요"라는 말을 덧씌워 반론했다. 속닥속닥 속닥속닥, 두 사람의 대화는 작은 새의 다툼.

"그런데 무, 무슨 일이세요?"

산포는 자세를 바로 했다. 남을 놀라게 하고 비웃더라도 상대는 이용자, 손님과는 좀 다르지만 예의를 갖출 필요가 있다. 산포도 그 정도는 안다.

"그게, 책을 찾고 있는데요."

"아, 그렇구나, 어떤 책이죠?"

"어어, 음, 이거예요."

산포는 소녀가 내민 스마트폰을 들여다보았다. 표시된 것은 아마존 사이트의 화면. 응? 어라? 이건.

산포는 손에 든 쪽지를 한 번 확인한 뒤, 한 걸음 뒤로 물러나 갈색 머리 그녀에게 꾸벅 고개를 숙였다. 거리를 둔 이유는 박치기하지 않으려고. 한 달쯤 전에 저질러서 혼난 경험을 되살렸다.

"죄송합니다, 이 책은 현재 불명본, 그러니까 행방불명인 상태셔셔여."

모처럼 실수 재현을 방지했는데 버벅대다니.

비웃으려나 싶어 갈색 머리 그녀의 얼굴을 보는데, 그녀가 웃기는커녕 몹시 안타까워하는 표정을 지어서, 상대를 악하게 타고난 인간이라고 억측했던 산포의 마음에 도래하는 죄책감.

"죄, 죄송해요. 저, 저기, 열심히 찾아볼 테니까."

"진짜예요? 아니, 책을 관리하는 프로여도 책을 잃어버리기도 하네요."

"으윽."

비난이 칼날처럼 박혀 자기도 모르게 소리를 낸 산포. 제, 제법 말이 매섭구나, 하고 소녀에게 반론하려고 했는데 그녀는 또 산포의 예상과는 다른 표정을 짓고 있었다.

어리둥절.

"언니, 괜찮아요?"

"아, 네에. 괜찮아요. 잠깐 칼날이."

"칼날요?"

"아니, 아니에요."

아하 그렇구나, 네에 네에 그런 거지, 비난하려고 말하려던 게 아니라 순진무구하게 감상을 말했는데 어쩌다 보니 남에게 상처를 주는 유형이구나. 난 좀 불편하네. 그런 표정을 지었던 산포는 또 한 번 괜찮냐는 소리를 들어 다시금 아무렇지 않다고 표명하며, 어엿한 어른답게 설명해두어야 할 점을 설명했다.

"불명본에는 다양한 이유가 있어, 아니, 있습니다."

안 돼, 꿰뚫린 상처의 여파가 남았다.

"가장 많은 것은 손에 들었던 이용자가 원래 있던 곳에 돌려놓지 않는 패턴인데요, 그래도 이 패턴이면 열심히 찾으면 나오니까 돌아와요."

"돌아오지 않을 때도 있어요?"

"어, 네, 대출 처리에서 실수가 있거나 하면, 가끔은."

"에이, 그럼 안 되잖아요."

"크흑."

두 번째 자상. 자신의 부족한 점을 잘 알지만 대놓고 안 된다는 소리를 들으면 산포라도 상처를 입는다. 중상입니다. 들것을 준비해주세요.

"그렇구나, 아쉽다. 나답지 않게 책이라도 읽어볼까 했는데."

"……죄송합니다, 원하신다면 다른 도서관에서 빌려 올까요?"

"아, 그 정돈 아니니까 괜찮아요."

"그, 그래."

무심코 나온 반말. 갈색 머리 그녀가 딱히 마음에 두지 않는 듯해서, 산포는 존댓말을 제대로 썼습니다만이라는 표정 혹은 연하에게는 싹싹하게 반말을 쓰는 센스 만점 언니라는 표정을 밀기로 한다. 곧바로 "왜, 왜 그렇게 표정이 우쭐거려요?"라는 말을 들어서 후자는 포기하고 전자로 바꿨다. 겨우 양자택일인데 틀렸다.

표정을 데굴데굴 바꾸며 산포는 책 제목을 떠올렸다. 산포와 그녀가 찾는 소설, 읽어본 적 있다. 스무 자 이내로 설명할 수 있는 소설이 좋은 소설이라는 소릴 들은 적 있는 산포는, 그 불명본을 스무 자로 생각해본다. 주인공이 전 애인과 재결합하려고 분주한 이야기(실화). 완벽하게 스무 자. 기호는 써도 되잖아.

빌려 올 정도는 아니라는 뜻은 찾으면 연락해달라고 할 정도도 아니라는 거겠지.

"열심히 찾아볼 테니까 발견하면 다음에 오셨을 때 알려드릴게요."

이 정도 거리감이 괜찮겠다고 판단해 말하자, 갈색 머리 그녀가 입술을 삐죽였다.

"음, 하지만 도서관에 잘 안 와서."

"아, 그러시구나. 그, 그렇다면, 인연이 있다면."

그럼 이만, 하는 느낌을 정수리에 담아 산포는 고개를 숙이고 일단 배가하러 돌아가기로 했다. 그녀가 찾았는데 못 찾았다면 이 서가에는 없다고 봐도 좋을 테고, 무엇보다 계속 붙들렸다가 배가에 시간이 너무 오래 걸려서 무서운 선배에게 혼날까 봐 두렵다. 그러나 산포의 계산은 대체로 잘 먹힐 리 없어서, 대화를 끝내고 등을 돌리려는데 "언니" 하고 또 한 번 불려서 반사적으로 돌아보다가 허리를 삐끗했다.

"흐엑."

이상한 소리가 나왔지만, 갈색 머리 그녀는 웃거나 꼬투리를 잡지 않았다. 웃어도 기분이 복잡할 테지만 아무 반응도 없으면 그건 또 그것대로 슬프고 안타까워진다. 제멋대로인 어른, 산포.

"네, 네에, 왜 그러세요?"

"도서관요, 즐거운가요?"

갈색 머리 그녀를 보니, 지금까지와 다르게 복잡한 표정을 짓고 있었다. 순간 질투처럼 보였는데, 지금 질투를 받을 의미를 모르겠으니 산포의 센서가 이상한 것이리라.

산포는 일반적으로 대답할 질문은 아닌 그녀의 질문을 듣고, 상대방을 똑똑히 정면으로 바라보고서 대답했다.

"잘은 모르겠는데, 여기 있기만 해도 좋은 냄새가 나요."

솔직하게 대답했다. 솔직하게 대답했을 뿐인데, 산포의 대답에서 뭐가 마음에 안 들었는지 갈색 머리 그녀가 고개를 갸웃거리더니 산포 쪽으로 성큼성큼 걸어왔다.

으악, 양키가 폭력을 쓴다! 입 밖으로 냈다간 어른스럽지 않단 소릴 들을 생각을 하며 머리와 복부를 팔로 감싼 산포 옆을, 갈색 머리 그녀는 말없이 스쳐 지나갔다. 이용자를 심술쟁이처럼 취급했다는 것에서 산포의 마음에 도래하는 죄책감.

"조, 좋은 냄새, 나거든요?"

사라져버린 그녀의 뒤로 아마도 향수 같은 냄새만이 남았다. 산포는 그 냄새에 아쉬움을 느끼며 얼른 배가 업무로 돌아갔다.

"아, 그 갈색 머리 여자애는 내가 위에 갔을 때도 있었어요."

"호오."

다정한 선배와 이상한 선배가 나누는 대화가 들렸을 때, 산포는 양손으로 책을 안고 게시용 프린트를 입술로 물고 있었다.

"응흐."

그래서 목과 코에서 맞장구라 할 수 없는 맞장구가 나왔다. 그 미묘한 숨소리를 이상한 선배가 듣고서 코를 움켜쥐는 바람에 괴로워서 입을 벌렸다. 게시물을 떨어뜨려서 허둥거리는 모습을 이상한 선배가 보고 웃었는데, 무서운 선배가 두 사람 모두에게 경고했다. 산포만 가볍게 잽도 얻어맞았다. 아파. 나쁜 짓 안 했는데.

하려거든 둘 다한테 하라고, 자기보다 선배라고 알아서 모시지 말라고. 지하에 있는 서고에서 용무를 마치고 투덜투덜 불평하면서 머리를 유난스럽게 문지르며 돌아온 뒤, 연차가 높은 덕분에 잽을 회피한 이상한 선배에게 아까 있었던 일을 물어보았다.

들어보니, 갈색 머리 그 여자애가 책을 찾아달라고 했는데 자기가 못 찾아서 산포에게 부탁했고, 아까 다정한 선배가 위에 갔을 때도 여전히 그 애가 있었다는 이야기인가 보다. 그렇군, 잽을 얻어맞을 정도의 이야기가 아니었다. 그런 표정을 짓고 말았나 보다, 사정을 들려줬으니 대가로 감사의 춤을 추라고 강요를 받아서 춤을 췄더니 또 웃음을 산 데다가 또 뒤에서 잽을 얻어맞았다.

아무튼 일단 그 애 일은 괜찮은가, 심술쟁이도 아니고 타고난 악당도 아니니까. 그렇게 생각했는데, 그 후 대여 연체자에게 반납을 촉구하는 전화 업무에서 돌아온 다정한 선배가 우후훗 웃으며 조금 신경 쓰이는 이야기를 했다.

"산포가 말한 그 애, 책을 찾던 게 아닐지도 모른다?"

무슨 의미인지 물었으나, 다정한 선배는 우후훗 웃으며 작업하러 2층으로 사라졌다. 뭐든 아는 듯한 분위기로 얼버무리는 어른을 산포는 불편해하는데, 다정한 선배의 우후훗은 좋았다.

이런저런 작업을 하다 보니 어느새 시간은 근무 종료 직전. 야근해봤자 야근 수당을 제대로 받을 리 없다는 걸 아는 산포는 언제나 칼퇴근을 한다. 시간은 금이요 회사원의 암흑일지니.

오늘 마지막 업무는 도서관 앞으로 도착한 우편물을 교무과에서 받아 오는 일이었다. 손으로 들지 못할 양일 때도 많아서, 슈퍼에 놓여 있을 법한 장바구니를 들고 산포는 장보러 가는 기분으로 도서관을 나섰다. 시각은 이미 저녁, 오늘은 날씨도 좋아 저녁놀이 눈부시다.

이런 날은 캠퍼스 벤치에 앉아 사탕이라도 깨물어야 한다고 생각했는데, 그 애가 있었다. 그 애가 깨문 것은 사탕이 아니라 주스 팩에 꽂힌 빨대였다.

"앗, 언니다."

꽉꽉 깨물어서 빨대가 납작했다. 아까 그 갈색 머리 소녀, 좀 전의 언짢아하던 모습이 떠올라 산포는 거리를 뒀다. 그리고 어른스러운 미소로 우후훗은 능숙하게 못 하니까 이히힛으로 얼버무리고 멀어지려고 했는데, "잠깐 기다려요"라며 소녀가 산포를 불러 세웠다. 체념하고 산포는 갈색 머리 그녀에게 다가갔다.

"아, 안녕하세요."

"언니, 목에 건 그거는 본명이에요?"

산포는 그거라고 묻는다고 해서 뭐냐고 되묻지 않는다. 산포에게 이 질문은 철이 들었을 무렵부터 수없이 반복해온 인사말이나 마찬가지다.

"네, 무기모토 산포입니다."

"이름 특이하다."

무시하는 기색은 없었다. 이후로 이어질 이름의 의미를 묻는 패턴 혹은 이름과 관련한 재미있는 에피소드를 묻는 패턴에 산포는 나름대로 그럴싸한 답변을 준비했는데, 갈색 머리 그녀는 별로 흥미가 없는지 "책은 찾았어요?" 하고 물었다.

"아, 아, 죄, 죄송해요. 아직이에요."

"으흠."

다시 한 번, 이번에는 미안하다고 사과했는데, 그녀의 으흠은 책에 대한 으흠이 아니었다.

"역시 언니 같은 사람이 인기 있겠죠? 분명히."

"허어?"

갑자기 급한 각도로 날아온 말에, 산포의 약지 두 번째 관절쯤에서 목소리가 나왔다.

"설마 설마 설마 그런 그런 그런."

온 힘을 다해 목을 좌우로 흔든다, 부웅 부웅 부웅. 목에 걸린 이름표가 팔랑 팔랑 팔랑.

"그러면 애인 없어요?"

"그건."

산포는 무의미한 거짓말을 못 한다.

"그건, 지금은 있, 습니다만……."

"그거 봐!"

컨버스 신은 발로 바닥을 탁탁 구르는 갈색 머리 그녀에 어쩔 줄 모르면서도, 그런 짓은 그만두라고 하고 싶은 건 엄마의 심정일까? 산포는 고민했다.

"역시 언니 정도로 멍한 여자가 인기 있구나."

"으흠."

인기는 없다, 없지만 과하게 부정하면 또 발을 구를 것 같아서 일단은 감정을 전부 담아 으흠으로 표현했다. 대략적인, 으흠.

그나저나 아까 그녀의 으흠은 '이 녀석 또 한심하게 버벅대네'의 으흠일지도, 라는 것을 알아차리고 산포는 부끄러워졌다.

그래도 조금은, 못 알아차리고 넘어가지는 않아서 기쁘기도 했다.

"어, 앗, 혹시 그래서 연애 관련한 책을 찾는다거나, 그런 건가요?"

"……으흠."

"죄, 죄송합니다."

불편한 듯한 표정으로 보아 농담으로 던졌는데 아무래도 진짜였나 보다. 면목 없어라. 이 이상 파고들지 말자. 산포는 발걸음을 교무과 쪽으로 돌렸다.

"그, 그럼 제는 이만."

버벅대면서 등을 돌렸으나 산포 내면에 뭔가 거북한 감정이 남았다. 방금, 바로 조금 전에 순진무구하게 비난을 해대는 인간은 불편하다고 생각했으면서 자기가 똑같은 짓을 저지른 기분이다. 산포는 참 번거로운 인간이다. 다른 사람의 기분이야 상하든 말든 어때라고 생각하며 훌쩍 떠나면, 분명 오늘 밤에 베개를 마구잡이로 쥐어뜯으리라.

"저, 저기."

돌아보니, 갈색 머리 그녀는 막 일어서려던 참이었다. 그대로 무릎을 펴기를 기다렸다가 산포, 용기를 짜냈다.

"그, 그쪽도 좋은 냄새가 나요."

기운을 북돋아주려고, 나 같은 애보다 당신이 훨씬 더 인기 많을 거라고 말하려고 열심히 고민한 결과로 나온 말이 좋은 냄새가 난다는 소리라니 이게 뭐람, 산포가 생각한 것과 똑같은 생각을 갈색 머리 그녀도 했나 보다.

"네?"

반문을 듣자 마음이 꺾인 산포는 그 말을 한 번 더 반복할 용기가 남아 있지 않아, 최소한의 변명을 하듯이 작은 목소리로 "도서관과 비슷하게요"라고 덧붙였다.

이건 으흠이다. 절대로 으흠이다. 안 좋은 으흠이다.

그렇게 생각하며 약간 낮추고 있던 시선을 조심스럽게 들자, 갈색 머리 그녀는 살포시 웃고 있었다. 귀엽다. 느닷없이 직장 이용자에게 좋은 냄새가 난다고 선언한 변태보다 훨씬 귀엽다. 산포는 그렇게 생각했다.

"언니, 미안해요."

"네에?"

"그 책, 3층에서 읽고 있는 사람이 있었어요."

그녀는 자기가 할 말만 하더니 주스 팩과 가방을 들고 씩씩하게 사라졌다. 멍하니 섰던 산포는 그녀가 한 말의 의미를 생각하다가 도서관으로 돌진했다. 선배들의 무슨 일이냐는 물음에도 "잠깐 3층에"라고 등으로 대답하고 계단을 올라갔다.

아까 그 불명본, 제목과 청구기호를 기억한다. 3층의 좌석 사이를 빠르게 걸으며 이용자들이 손에 든 책들을 몰래 살폈다.

있다. 갈색 머리 그녀와 문답을 반복했던 서가 근처에 앉은, 도서관에서 자주 보는 남자애가 읽고 있었다.

산포는 다시 급하게 계단으로 향해 우다다다다. 계단을 내려가 우다다다, 다다닥.

달음박질로 1층 접수처에 도착해 이상한 선배 곁으로 접근했다.

"책, 있었어요!"

"오, 산포, 한 건 했네. 그런데 술래잡기를 할 때는 귀신 같은 술래를 조심해야지."

"응?"

의미를 몰라 어리벙벙하게 반응하자, 이상한 선배가 산포 뒤를 가리켰다. 돌아본다.

귀신이 있다.

"으악."

오늘 세 번째의 잽은 "뛰지 마!"라는 호통과 함께 산포의 정수리로 떨어졌다.

"아, 그렇지만 갈색 머리 애가 불명본이."

"우편은?"

"다, 다녀오겠습니다."

귀신을 사수로 둔 산포는 얌전히 다시 한 번 도서관을 나와 터덜터덜 교무과로 향했다.

다음 날, 불명본으로 등록됐다가 그날 중에 불명본이 아니게 된 어수선한 하루를 보낸 그 책은 무사히 서가로 돌아왔다.

산포는 다시 배가를 하러 갔다. 이미 장난 어린 잽을 한 방 맞은 머리를 쓱쓱 문지르며 잽이 취미인 여자라면 틀림없이 편하게 죽진 못하리라, 생각하면서 4층 그리고 3층으로 이동했다.

책을 테트리스 블록을 끼우는 요령으로 차례차례 돌려놓으며, 어제 갈색 머리 소녀와 만났던 서가 앞에 도착했다. 마침 눈높이의 틈에 돌려놓아야 할 책이 한 권 있었는데 어라, 하고 산포는 손을 멈췄다. 그 틈 너머로, 안쪽의 책 사이를 비집고 보이는 바로 그 앞, 긴 책상에 마주 앉아 있는 두 학생이 보였다. 한 명은 어제 그 책을 읽고 있던 단골 남자애. 또 한 명은.

산포는 손에 든 책을 봤다. 으흠, 책을 찾는 척을 하면서 사랑하는 상대의 틈을 가만히 엿보셨다? 말을 걸 용기가 안 났을까? 아니면 싸움이라도 했을까? 으흠.

아무렴 어떤가, 본인들에게 묻지 않는 한 모르는 일을 상상해도 의미 없고 어차피 물어볼 용기도 없는걸.

산포는 손에 든 책으로 살며시 틈을 막았다.

"어서 오렴."

무기모토 산포는
원 포인트가 좋아

무기모토 산포는 눈이 평균보다 아주 조금 좋다. 어디까지나 산포의 사고방식에 따른 것인데 안경을 쓰느냐 안 쓰느냐, 쓰지 않아도 생활할 수 있지만 쓰면 좀 더 명확한 세계를 체험할 수 있는 그 아슬아슬한 선을 평균 시력이라고 상정할 때, 산포의 시력은 두 눈이 0.8이니 평균보다 조금은 좋다.

욕심 많은 산포는 시력이 더 향상되기를 바라지만 지금 이 상황에는 산포의 시력이 얼마나 좋든 아무런 의미도 없어서, 그녀는 그저 허공을 응시하며 입을 반쯤 벌리고 앉은 상태로 손가락을 쥐었다 폈다 꼼지락거리는 무력한 사회인에 불과했다.

산포는 지금 완벽한 어둠 속에 있다.

조금 전까지 도서관 지하 서고에서 활기차게 일하고 있던 산포. 사건은, 산포가 예약 대출 의뢰를 받은 책의 위치를 조사하려고 검색용 컴퓨터 앞에 앉았을 때 벌어졌다.

파지직 소리가 나고 주우웅 하는 소리가 나더니, 그 후 세계는 무無로 변했다.

순간 당황한 산포지만 역시나 어른답게 정전인 줄 바로 알아차리고, 무턱대고 움직이지 않는 편이 낫겠다고 판단해 복구될 때까지 얌전히 기다리기로 했다. 의자에 앉아 있던 게 오늘 최고의 파인 플레이였다고 하겠다. 나중에 선배에게 보고하고 칭찬받아도 될 정도인데, 아무도 칭찬해주지 않겠지.

정전이다. 정전이다. 정신없다.

"으흐흐."

시시한 말장난이지만 자기 모습조차 보이지 않는 어둠 속에서는 마음속에 있던 허들도 어느새 발을 질질 끌면서 뛰어넘었다. 공교롭게도 오늘은 스마트폰도 사물함에 두고 온 산포는 말 그대로 손도 발도 꼼짝할 수 없어서, 그 자리에 오도카니 앉아 시시한 생각이나 하는 것 이외에 할 일이 없었다.

창문 따위 당연히 없는 지하실, 광원이 없으니 어두컴컴함에 눈이 익숙해지지도 않아 여전히 시야는 제로 거리 미터.

그때, 산포는 간신히 도서관 직원으로서 한 가지 중요한 사항을 떠올려 행동에 옮겼다.

"혹시 누구 계세요?"

목소리를 냈지만, 수많은 책에 흡수된 탓인지 반향이 생기지 않았고, 다른 목소리가 되돌아오지도 않았다. 다행이다. 만에 하나 도서관 이용자가 갇혔다면, 어둠 속에서 갑작스레 웃음소리를 들려주어 불필요한 공포심을 안겼을지도 모른다. 게다가 이런 곳에서는 머릿속에 떠올린 시시한 생각도 어둠에 녹아 전해질 것 같다. 아무리 산포라도 그건 위험하다.

아무도 없으니 그건 또 그것대로 불안하다고 생각하며 산포는 콧노래를 흥얼거렸다. 다행히 그리 섬세한 성격을 갖추진 않았으나, 얼마나 오래 혼자 있어야 할지 모르는 상황에서는 쓸쓸함과 불안감이 고개를 내민다.

눈을 뜨고 있으려니 몸이 왠지 둥실둥실 떠오르는 것 같았다. 이것은 오래전 우리 선조가 외계별에서 지구별로 내려왔기에 그들이 알고 있던 우주에서의 감각을 신체가 똑똑히 물려받았다는 증거가 아닐까, 이런저런 생각을 하며 뇌를 진정시키고자 산포는 가만히 눈을 감았다.

상황은 전혀 달라지지 않고 눈꺼풀이 닫혔을 뿐이다. 그런데 산포는 뭔가 신비로운 기분에 사로잡혔다. 조금 전까지 있었던 무언가가 스르륵 사라졌다. 그 덕분에 산포의 감정이 차분해진 것도 신기했으며, 무엇이 사라졌는지 산포 자신이 설명하지 못하는 것 또한 신기했다.

사라진 것은 어둠, 이 아니다. 눈을 감은 지금도 여전히 산포에게는 아무것도 보이지 않는다. 당연하다, 눈을 감았으니까.

그럼 뭘까, 방어력?

한참을 끔뻑끔뻑 깜박임을 반복했다. 연다, 닫는다, 올린다, 내린다. 있다, 없다, 있다, 없다.

잠시 후에 알았다. 무엇이 있고 없는지.

눈을 떴을 때의 검은빛과 감았을 때의 검은빛은 종류가 다르다.

눈을 감았을 때, 자기 눈은 눈꺼풀 안쪽을 본다. 한편, 떴을 때는 어둠을 보고 있다.

어둠을 볼 수 있다. 그렇다면 어둠은 물질이다.

단순히 빛이 없어서 안 보이는 것이 아니라 어둠이라는 물질이 주위에 득시글거려서, 그것들의 방해로 인해 주위 경치가 비치지 않는다.

눈을 뜬다. 득시글득시글 득시글득시글.

거대한 숯검정 녀석.

"검은빛 일색에 원 포인트가 있으면 훨씬 멋있을 텐데."

혼잣말도 이 세계에서는 어둠에 잡아먹혀 아무에게도 도달하지 않는다. 도달할 필요도 없다. 도달할 필요가 있으면 혼잣말이 아니다.

눈을 뜬 상태로 불안의 원인인 어둠을 때려눕히겠다고 계속해서 섀도 복싱하는 것도 곧 질리고, 계속 슉슉이라고 소리 내는 것에도 지친 산포는 다시 눈을 감고 아무것도 없음에 몸을 맡겼다.

문득 곰곰이 생각해보니, 라고 하면 이상하다. 애초에 처음부터 생각했어야 했는데. 산포는 지금에 이르러서야 비로소 이번 정전이 상당히 위험한 사태여서 자신이 앞으로 장시간에 걸쳐 발견되지 못할 가능성을 고려했다.

한 시간이나 두 시간쯤이라면 괜찮지만 만약에 반나절을 지나면 너무 위험하다. 먹고 마시지 못하고, 게다가 화장실은 어떡하나.

일도 오늘 해야 할 게 몇 개나 있는데, 집에도 오늘까지 유통기한인 편의점 케이크가 있고, 게다가 화장실은 어떡하나.

"음, 에이, 아직 괜찮지요?"

누구를 향한 방송인지, 산포는 어둠 속에서 인터뷰에 답변하는 벤처 기업 사장처럼 양팔을 과장되게 움직이고, 이어서 파이프 의자 위에 올려놓은 엉덩이 위치를 조금 들썩였다.

흠, 그나저나 이대로 어둠을 상대로 손 놓고 있는 것도 재미없다. 뭐든 행동을 일으켜야겠다 싶어 혈기 왕성한 산포는 팔짱을 꼈다.

눈을 감으면 그곳에 어둠은 없다. 눈앞에 좋아하는 것을 떠올릴 수 있다. 그렇다고 딱히 맛있는 과자를 떠올리려던 것은 아니다. 으아, 사랑스러운 바움롤. 아마 아직 휴게실에 있겠지, 아니 그게 아니라 탈출 계획 혹은 이 상황을 이용한 무언가.

아까 점심으로 카레를 먹은 참이다. 하얀 쌀밥에 새빨간 오복채가 잘 어울렸다. 갈색 오복채보다 새빨간 게 좋다, 건강에 나빠 보이는 색인 그거. 이런 산포의 기호가 어쨌든지 간에 말하자면 밖은 아직 한낮, 이용자도 많을 테고 그만큼 직원도 많다. 적어도 누구 한 사람은 인원수가 부족하다고 알아차릴 것이다. 알아주, 겠지……. 자신의 존재감이 과연 어떨지 선배들의 시선에 의문을 품는 한편, 그게 아니라도 이용자를 상대하느라 인원이 쏠렸을 것 같아서 산포의 불안은 체내로 꾸욱 밀려들었다.

가령, 가령이지만 선배들의 도움을 기대할 수 없다면 어떻게 해야 할까. 탈출, 탈출. 으음, 신음하며 산포는 오른발을 탁탁 굴러 어둠을 한 마리씩 짓눌러 죽였다.

사실은, 이라고 말할 정도는 아니지만 산포는 이곳을 나갈 방법 하나를 이미 머릿속에 떠올리고 있었다. 이 경우는 주머니 안에 갖고 있었다고 해야 할까. 아까 벤처 기업 사장 인터뷰 흉내를 냈을 때, 엉덩이의 위치를 바꾼 이유. 화장실은 아직 참을 수 있는 산포의 엉덩이 주머니에는 현재 열쇠 꾸러미가 들어 있다. 아까 팔을 움직이다가 엉덩이가 순간 허공에 떴는데, 그때 열쇠가 아픈 각도로 꾹 찔렀다.

스스로 생각해도 살점 잘 붙은 엉덩이가 빨개진 것은 그렇다 치고, 열쇠 꾸러미가 있고 이곳을 나갈 방법이란, 열쇠 중에 당연히 서고 문을 개폐하는 열쇠도 뒤섞여 있다는 소리다. 그것을, 쓰면, 밖에, 나갈 수 있다. 당연한 소리다.

그건 그렇지만 알다시피 현재 어둠이 산포의 주위를 포

위했다. 앉은 곳에서 문까지의 위치는 대충 안다. 직선거리라면 못 갈 것도 없다. 그러나 바닥에 상자가 놓여 있지 않았는지, 도중에 책을 나르는 손수레가 놓여 있지 않았는지, 그런 세부 사항이 떠오르지 않았다.

발을 질질 끌며 가면야 그런 물건이 있어도 넘어지지 않고 갈 수 있겠지만 그래도 문제는 있다. 산포가 떠올릴 수 있는 것은 의자와 문의 어렴풋한 위치 정도밖에 없다. 어둠 속에서 미묘하게 걷는 방향이 틀렸다가 운 나쁘게 서가 사이에 끼거나 길을 잃진 않을까. 지금보다 훨씬 더 발견되기 어려운 곳에 가버리면 어쩐담. 무슨 일이 생겼을 때 의자가 없는 것도 불안하다.

산포는 의자와의 거리를 생각해보았다. 용기를 짜내 행동에 옮겼다가 다시는 지금 위치로 돌아오지 못할 가능성도 있다.

"……음."

순간, 미묘한 추억의 문이 열리려고 해서 산포는 전력으로 저지했다. 아니 아니야, 괜찮아 괜찮고말고, 있어 있다고, 누구에게나 충격 받은 과거는 있으니까. 고개를 옆으로 흔들지 않고 끄덕여 인정하는 척을 함으로써 산포는 간신히 평정을 유지한다.

산포는 애절한 추억과 의자에 작별을 고하기로 했다. 안녕히, 훌쩍.

갑작스러운 이동은 위험하니 우선 제자리에서 일어나보기로 했다. 발에 꾹 힘을 주어 앞으로 몸을 숙였다가 기립. 어둠 속이므로 경치가 달라지지 않아 자신이 일어났는지 아닌지를 오로지 몸의 감각에 의지해서만 인식해야 한다. 그 상태가 생각 이상으로 훨씬 더 불안하고 불안정해서 산포는 다시 앉았다. 다녀왔어, 의자야.

언제나 흐느적흐느적 사는 산포라도 역시 이 일이 얼마나 위험한 줄 깨달았다. 어쩔 수 없지, 예의에 어긋나지만 의자를 끌고 가야겠다. 함께 가자꾸나, 의자야.

끼기기기긱, 끌었다가 자기가 낸 소리가 커서 놀랐다. 살짝 들어 올리고 엉거주춤한 자세로 가면 되겠다고 생각해 실행하다가 곧바로 서가에 머리를 부딪혔다. 아야야.

아프긴 해도 서가에 도달해서 다행이다. 이 서가를 오른쪽으로 두고 더듬어서 걸으면 문까지 실수하지 않고 갈 수 있다.

쓰윽, 쿵, 쓰윽, 쿵. 의자를 들어 올려 엉덩이를 대고 잠깐 걷다가 착지해 서가를 만졌다. 마치 게임에서 어둠을 밝혀주는 아이템을 안 쓴 채로 걷는 것 같다고, 산포는 생각한다. 그게 무슨 게임이더라, 포켓몬인가.

한참 그러기를 반복하는데 문득 무릎 부근에 무언가가 닿는 느낌이 났다. 순간 섬뜩해서 통증을 견딜 각오를 했는데, 그다지 딱딱한 물건도 아닌지 통증은 없었다. 산포는 그곳에 착지해 무릎으로 건드린 물건에 손을 뻗어보았다.

위는 바삭바삭 뻣뻣한데 약간 부드럽다. 아래는 거칠거칠하고 딱딱하다. 한동안 만져보니 다리가 있고 등받이가 있어서 무엇인지 알았다. 또 의자잖아앗.

그런데 이번 의자는 단순한 의자가 아니라 다리에 바퀴가 달린 의자였다. 이 의자라면 들어 올릴 노력도, 바닥에 상처가 날 걱정도 안 해도 되지 않을까. 게다가 쿠션이 달려서 엉덩이가 아플 일도 없다. 산포는 곧바로 결단을 내리고 새 의자에 엉덩이를 맡기기로 했다. 미안하구나, 예전 의자야, 내게는 새로 사랑하는 의자가 생겼단다.

새로운 아이템을 손에 넣어 기분이 좋아진 산포는 서가를 오른편에 두고 바닥을 힘차게 걷어차 이동했다. 이럴 때 신바람이 나는 게 산포의 평상시 패턴이고, 그러다가 실패하는 것도 산포의 평상시 패턴이다. 바닥을 두 번째로 차려고 했을 때, 어둠에 현혹된 산포는 발이 목적지에서 살짝 빗나가는 실수를 저질러 서가를 걷어차버렸다. 당연히 의자는 서가에서 발사되듯이 매끄럽게 서고 안을 이동했고, 그 앞에 있던 철제 북카트에 산포의 정강이를 격돌시켰다. 소리로 나오지 못하는 비명을 지르며 의자에서 떨어진 산포는 몸을 웅크렸다. 안타깝도다, 산포, 신난다고 그러면 쓰나.

머릿속으로 한바탕 원망을 늘어놓고, 그와 동시에 아아아아아악 하고 굵직한 비명을 마음속으로 질렀다. 빛이란 존재는 편리하구나아악, 그러니까 신도 빛이 있으라 말하셨지이익.

3분쯤 시간을 투자해 간신히 멘털을 회복한 산포는 눈물어린 눈으로 마음을 다잡고, 서가가 있을 곳으로 되돌아가려고 했다. 정강이의 이쪽이 아프다는 것은 저쪽에서 와서 이렇게 부딪혔다는 의미일 테니 아마도 이쪽. 날림 추리 끝에 신중히 의자를 미끄러뜨린다.

그런데 향한 쪽에 서가가 없었다. 어라? 이상한데, 어라? 어둠 속에서 길을 잃었다는 실감이 산포를 허둥거리게 했다. 게다가 원래 신중이라는 단어와는 그다지 인연이 없는 산포. 언젠가는 서가에 닿으리라 믿고 두 팔을 앞으로 뻗어 쭉쭉 의자를 밀었다. 그러다가 간신히 무언가에 손이 닿아서 해냈다, 하고 더듬거려보는데 그것은 키보드였다. 그리고 모니터. 이 층에 컴퓨터는 한 대뿐이다.

"되돌아왔잖아!"

자기도 모르게 낸 목소리도 가차 없이 어둠에 먹혔다. 실망은 했으나 그래봤자 무의미하다는 것을 어른인 산포는 잘 알고 있으므로, 주위를 더듬어 이번에야말로 서가를 발견해 오른손을 대고 조금씩 앞으로 나아간다. 신중하게 또 신중하게.

그렇게 열심히 하던 참이었다.

산포는 지금까지는 없었던 답답함을 느꼈다.

운동을 한 탓일까 아니면 서고 내의 공기가 희박해졌기 때문일까, 그녀는 생각했다.

하지만, 아니다.

계속 어둠 속에 머무는 스트레스가 산포 자신도 느끼지 못할 정도로 살금살금 그녀의 마음에 접근해 둥지를 틀고서 몸 상태에까지 영향을 미치기 시작했다.

느릿느릿 전진해 아까 작별을 고했던 의자와 기적적으로 재회를 성사했을 때였다. 산포의 머릿속에 소름 끼칠 만큼 당돌하게, 지금까지 생각하지 않으려고 했던 감정이 끼어들었다.

무섭다.

한순간이라도 그런 생각을 자각하면 감정은 단숨에 부풀

어 제 세상인 양 체내에 자리 잡는다. 필사적으로 내몰려고 노력했으나.

빨리 여기에서 나가고 싶어!

마침내 그렇게 생각하기에 이른 산포는 등을 펴고 일단 그 자리에서 더 움직이는 것을 그만두었다. 당황해서 패닉 상태에 빠져 다치거나 앞뒤 분간을 못 하게 되면 상황은 더 악화된다. 그러지 않기 위해 산포는 일단 지금 여기 있는 것이 이상한 일이 아니라고 자신에게 들려주며 심호흡했다. 눈을 감아 어둠이 안 보이게 하고, 자신이 좋아서 여기 있다고 믿어보려 했다.

그러고 보니 어린 시절에 탔던 놀이기구가 있었다. 가족끼리 갔던 과학관이었나. 어둠 속 미로, 함부로 움직이면 위험하다는 경고를 들어도 까불거렸던 산포는 멈출 줄 모르고 벽에 어깨를 몇 번이나 갖다 박으며, 생전 처음 보는 세계가 신비롭고 즐거워서 얼마든지 어둠에 빠져들고 싶었다.

무슨 짓을 하는 것도 아닌데 어둠이 무섭다고 생각하지 않았다. 단순한 어둠을 그 시절에는 적이라고 여기지 않았다. 그저 거기 있을 뿐이다. 나쁜 존재라고 단정 짓지 않았다.

산포는 차분하게 오른팔을 앞으로 뻗어 손바닥을 아래로

향하고, 포물선을 그리듯 옆으로 이동했다.

때려서 미안하다.

사이좋게 지내자.

사과하고 화해를 제안하자, 신기하게도 어둠 무리의 감촉이 조금 좋아진 것 같았다. 공존을 인정해주었구나, 산포는 감동했다.

그저 거기에 있을 뿐인데 나쁜 존재라고 단정 짓고 상처를 주려고 하다니, 심술궂은 어린아이나 마찬가지였다고 산포는 반성했다.

심호흡을 이어가자 호흡이 정돈되기 시작했고, 심장도 이윽고 평소 페이스를 되찾았다. 이제는 괜찮을 것 같다.

눈을 깜박이며 눈앞의 어둠 무리를 응시하고서 발에 힘을 주어, 이번에야말로 출구를 향해 전진만이 남았다. 산포가 그렇게 의욕을 불태운 그 순간.

천장에서 제트코스터가 출발하는 것과 비슷한 소리가 들림과 동시에 사방에 잠재하던 어둠이 모조리 그 모습을 감췄다.

"으악!"

산포는 자기도 모르게 두 손바닥으로 얼굴을 덮었다. 눈앞에서 폭탄이라도 터진 줄 알았다. 산포는 정말로 그럴 가능성이 있다고 생각했다. 그래서 조심조심 눈을 떴다. 물론 눈앞에 있는 것은 늘 보던 서고이고, 전방에 있는 것은 일방적으로 작별을 고했던 그 의자이며, 불길이 타오르는 정황이나 파풍의 영향도 보이지 않았다.

전기가 들어왔다.

"어이, 산포. 무사해?"

조금 전까지 목표로 삼았던 곳에서 문 열리는 소리와 함께 목소리가 들렸다. 잠시 지나자 목소리의 주인이 고개를 내밀었는데, 그 얼굴을 본 산포가 곧바로 제정신을 차렸으면 좋았으련만.

"이상한 선배……."

"엥? 뭔 소리야?"

"……아, 아니요, 잠깐 망상 상태여서."

"그거 자기 입으로 할 말은 아닌데?"

"아, 그게."

"뭐, 어쨌거나 무사해서 다행이다, 의자에 앉아 있었다니 현명했네."

이상한 선배가 그렇게 말하며, 산포가 무심코 내뱉은 실례되는 머릿속 별명을 넘어가주었다. 위험했다.

산포는 눈을 끔벅이며 일어났다. 눈이란 온몸과 직접 연결됐는지, 한동안 아무것도 못 봤을 뿐인데 비틀거렸다. 이상한 선배가 걱정해줘서 조금 더 앉아 있기로 했다.

눈이 빛에 익숙해지기를 기다렸다가 다시 일어나자 이번에는 괜찮았다. 이상한 선배 뒤를 따라 오랜만에 서고를 나섰다. 엉덩이 주머니에서 열쇠를 꺼내 출입할 때마다 열쇠로 잠가야 하는 문을 확실히 열었다가 다시 잠갔다. 카운터로 돌아가자 직원들은 매우 분주해 보였고, 도서관 자체가 떠들썩한 분위기였다.

그래도 허둥지둥 바쁜 와중에도 선배들은 산포를 걱정해 말을 걸어주었다. 특히 다정한 선배는 새까만 어둠 속에 있었다는 이야기를 듣자 산포를 유난히 걱정했다.

"아무 일도 없어서 다행이야."

"정말요, 아, 그래도."

"무슨 일 있었어?"

"으음, 친구가 생겼어요."

"……쉬어도 돼. 진짜 괜찮겠어? 의무실에 갈래?"

그 후 근무 시간이 끝날 때까지 다정한 선배는 불필요하게 배려해줬고, 무서운 선배도 나름대로 걱정해줬으며, 이상한 선배는 친구를 소개해달라고 말했다.

아쉽게도 이용자를 응대하느라 바쁜 산포와 직원들에게

오해를 풀 시간은 찾아오지 않았다.

낮에 한 체험이 생각보다 뇌에 영향을 미쳤는지 아니면 원래 그런 인간이었는지, 산포로서는 잘 모르겠다고 여기고 싶다. 일을 마치고 집에 돌아와 문을 열고 손을 씻고 입을 헹구고 한숨 돌린 뒤, 오늘은 패닉을 극복한 날이었으니까 나에게 주는 선물로 밥을 한 컵 반 지어줄 테고 그 녀석을 공략할 반찬도 당연히 흉포한 녀석이어야 한다고 득의양양하게 웃으며, 텔레비전을 보고 오후의 홍차 레몬티를 마시고 슬슬 저녁거리를 사러 슈퍼에 가려고 했을 때, 한 가지를 깨달았다. 지갑과 스마트폰과 기타 이것저것이 들어 있는 가방을 안 가지고 왔네.

설마 그럴 리가, 나사 빠진 자신을 한참이나 믿지 못했던 산포도 현관과 거실을 일곱 번 왕복한 끝에 없구나, 하고 포기하고서 현관으로 향한 걸음 그대로 밖으로 나갔다. 집 열쇠와 정기권만큼은 습관대로 주머니에 있었다.

밖은 이미 어두워졌고, 역까지 가는 길과 전철 안은 양복 입은 사람들로 가득했다. 다소 숨이 막혔지만 산포가 타는 구간은 고작해야 네 역. 그 정도라면 가까이 있는 주정뱅이 때문에 불쾌해할 여유도 없다. 다섯 역이었으면 위험했을지 모른다.

늘 내리는 역에서 내려 늘 지나는 개찰구로 나와 늘 오가는 길을 걸었다. 직장인 대학 도서관의 자동문을 통과하자, 산포가 좋아하는 냄새가 그녀를 감싼다. 밤의 도서관에는 항상 정적이 악센트로 가미되는데, 오늘은 어수선함의 흔적이라는 자극적인 원 포인트도 가담했다. 익살스러운 분위기다.

직원 외 출입 금지인 문을 열어 안으로 들어가 보니 아무도 없었다. 산포는 곧장 자기 사물함에서 가방을 꺼냈다. 미안해, 혼자 두고 가서.

사실은 몰래 왔다가 몰래 돌아갈 생각이었는데, 사물함을 닫을 때 소리를 내고 말았다. 도둑으로 의심받지 않기 위해 산포는 휴게실과 직결된 카운터로 나가서 직원들에게 인사하고 가기로 했다.

실례합니다, 머릿속으로 복창했으나 실제로는 "시레합니다"라고 버벅대며 인사하자, 카운터에서 혼자 작업 중이던 이상한 선배가 돌아보았다.

"오, 산포. 이 언니가 보고 싶어서 온 거야?"

이 말을 받으면 귀찮아지겠다고 생각하면서도 무시할 용기도 없어서 "그, 그런 느낌이랄까요"라고 대답하자, 이상한 선배는 냉큼 일어나 가까이 다가오더니 말없이 산포의 정수리와 턱에 손바닥을 대고 있는 힘을 다해 어루만지기 시작했다. 잠깐은 저항 없이 전부 받아준 산포였지만, 세밀한 동작 때문에 언젠가 뇌진탕을 일으킬지도 모른다고 머릿속으로만 외치며 이상한 선배의 두 손을 살그머니 붙잡았다.

"가방을, 사물함에 두고 가서."

"진짜? 바보구나."

으악, 짜증 나, 발끈한 마음을 다독여 진정시켰다.

"혼자 계시네요."

"응, 다들 아직 이것저것 확인하느라. 그나저나 오늘 큰일이었네, 산포."

"아, 아니요, 뭐."

"오, 안 무서웠어? 산포는 씩씩하구나. 초콜릿을 주마."

이상한 선배는 업무용 앞치마 주머니에서 티롤 초콜릿을 꺼내 건네주었다. 도서관 내에서는 음식 섭취 금지.

산포는 낮에 있었던 일을 회상했다. 무서웠었나?

물론 큰일이라고 하면 큰일이긴 했지만.

"뭐랄까, 원 포인트였죠."

주변 색을 밝혀주는 원 포인트. 평소 깨닫지 못하는 매력을 알게 해주는 원 포인트.

자기 입으로, 그것도 자랑하는 듯한 표정으로 말해놓고서 이해해줄 리 없다고 생각한 산포가 설명을 덧붙이려고 했는데, 이상한 선배는 다정하게 웃으며 "그랬니?"라는 한마디만 했다.

오오. 왠지 처음으로 이상한 선배와 마음이 통한 순간인 것 같아 산포의 표정이 해맑은 미소 쪽으로 바뀌려고 했는데.

"애인이랑은 불을 끄는 타입?"

아, 그냥 아무것도 안 통했구나.

산포는 어색한 미소를 지으며 "수고하세요"라는 말을 남기고, 카운터를 관내 방향으로 나와 이용자용 출입구를 지나 돌아가기로 했다. 도중에 한 번 돌아봤는데 이상한 선배는 진지한 표정으로 손을 흔들고 있었다. 저 사람, 이쪽이 돌아볼지 안 돌아볼지 모르면서 손을 흔들고 있네. 게다가 저 진지한 표정은 뭐람. 정말이지 무슨 생각을 하는 걸까.

선배의 기행에 어리둥절한 채로 귀가하던 도중 슈퍼에 들른 산포는 돼지고기 생강구이 재료와 문득 생각이 미쳐 빨간 리본을 하나 샀다.

속죄하는 의미를 담아, 그 의자에 어울릴 것 같아서 골랐다.

무기모토 산포는
연상이 좋아

무기모토 산포에게도 휴일은 있다. 일주일 중에 공휴일이 없어도 많으면 사흘, 적어도 하루는 쉰다. 그러니까 공휴일이 없으면 적어도 나흘은 출근하고 많을 때는 엿새를 출근한다. 교대 근무제여서 다소 달라지긴 해도 사회인으로서 표준적인 출근 일수를 한 달 안에 소화한다. 솔직히 그렇게까지 출근하기 싫은 게 본심이다. 그러나 출근하지 않으면 월급을 못 받으니까 산포는 딜레마를 느낀다. 사실은 주 2일 출근하고 지금의 월급 두 배를 받으면 좋겠다고 바라는데, 그런 일이 있을 리 없으니 산포는 딜레마라고 생각한다. 그건 딜레마가 아니지만, 산포는 딜레마라는 단어의 발음을 좋아한다. 가끔은 멋있어 보이려고 딜레마라고 말할 정도다. 뭐가 멋있는지 산포에게 물어도 요령 있는 대답이 돌아올지는 미지수다.

산포는 휴일을 혼자서 보낼 때가 많다. 가장 큰 이유는 혼자 살기 때문이고, 산포의 휴일은 평일일 때가 많아서 친구들과 휴일을 맞추기 어려운 까닭도 있다. 또 요즘은 애인이라고 부를 존재가 없다는 것도 한 가지 이유다. 전에 학생에게 애인이 있는지 없는지 질문을 받았을 때 있다고 대답한 산포는, 아니 그거 거짓말이 아니에요, 허세 부린 게 아니라니까요, 믿어주세요, 죄송합니다, 하고 누가 묻지도 않았는데 속으로 변명한다. 그렇지만, 하고 이어지는 산포의 변명. 그때를 떠올려보라니까요, 그때 나는 잠깐 머뭇거리는 느낌이었잖아요? 그건요, 그 무렵에 이미 미묘한 분위기였거든요, 남녀 사이엔 이런저런 일이 있잖아요? 언니가 해주는 조언이라고요? 이렇게 아무도 묻지 않았고 듣지도 않을 강의를 머릿속에서 그럴싸하게 시작한다. 마치 이별을 전혀 개의치 않는다는 느낌으로. 엉엉 울고 홧술을 마시다가 토했으면서.

그때를 떠올리면 아직 울컥할 정도로는 산포의 마음이 상처를 받았으니 자세한 사항은 생략한다. 울컥은 상처가 벌어져 피가 번지는 소리는 아니다. 그 정도까진 아니다.

어쨌든 남자는 전부 쓰레기니까 사멸하면 좋겠다고 생각하던 시기는 현재 벗어났으나 그에게는 그 나름의 사정이 있다고 여기는 지점까지는 도달하지 않아서, 그놈 머리 위에 운석이 떨어지면 좋겠네, 아니 틀림없이 떨어질 거야, 정도로 생각하는 산포는 이번 주에도 휴일을 맞이했다.

산포는 기본적으로 쉬는 날이면 늦잠을 잔다. 특별한 예정이 있진 않아도 일어나려고 생각했던 시간보다 대충 한 시간쯤은 지나서 일어난다. 그 후에 두 번, 세 번 다시 자는 날도 있는데 오늘은 첫 번째 각성 이후에 또 숙면에 빠지지 않았다. 늦잠은 잤다.

산포는 오늘 목적을 정해뒀다. 얼마 전에 발견한 라면 가게에 가서 점심을 먹을 것. 그 목적을 위해 아침을 일찍 먹어둬야 하므로 다시 잠들지 않았다. 다시 잠들면 아침 겸 점심으로 라면을 먹으면 되지 않느냐고? 만약 이런 말을 듣는다면, 산포는 에이 그건 무리예요, 라고 대답하리라. 아침밥을 안 먹으면 괴로우니까 무리라는 소리가 아니다. 아무리 나라도 두 끼를 한 번에 먹는 것은 아무래도 무리라는 의미다. 산포의 식사에 뺄셈은 존재하지 않는다.

오전 중에는 어제 안 하고 넘겼던 빨래를 정리하고 청소기도 돌리며, 산포치고는 퍽 성실하게 시간을 썼다. 집안일을 얼추 마치고 나니 정오가 지나서, 산포는 간단히 화장하고 옷을 갈아입고 의욕을 북돋웠다. 좋았어, 출진이다.

최근 기온도 조금 따뜻해져서, 신진대사가 좋은 산포는 긴 티셔츠의 소매를 돌돌 말고 8부 청바지 차림이다. 어깨에 작은 가방을 메고 신발은 휴일용 파란색 뉴발란스, 경쾌하게 스텝을 밟았다.

평소 어디 외출할 때면 산포는 그날 기분에 따라 아이팟을 가지고 갈지 말지를 정한다. 오늘은 음악을 들으며 걷고 싶은 기분이어서 현관문을 잠그자마자 곧바로 귀에 이어폰을 꽂았다. 선곡은 아이팟의 전곡 랜덤 재생 기능에 맡긴다. 오늘 첫 곡은 힙합 그룹 스차다라파의 〈아쿠아 프레시〉다.

라면 가게까지는 터벅터벅 20분쯤 걸어 도착했다. 산포가 도보로 활동 가능한 범위를 따지면 제법 가깝다고 할 만한 가게인데, 사실 얼마 전까지 존재를 몰랐다. 이유는, 집에서 이 가게까지 가는 길에 아끼는 붕어빵 가게가 있기 때문이다. 근처까지 오면, 처음에는 살 마음이 없어도 붕어빵 가게가 깔아놓은 냄새의 결계에 붙들리고 만다. 붕어빵을 몇 개쯤 사면 산책하는 중에도 마음이 풍족해져서 그냥 되돌아오곤 했다.

오늘도 붕어빵 가게의 결계에 붙들릴 뻔했으나, 나중에 들를게요, 바람피워서 죄송해요, 하고 속으로 변명하며 라면 가게에 도착했다. 양쪽 귀에서는 라임스터의 〈라이카 라이카〉가 들리는 중이지만 일단 이어폰을 뺐다. 지금부터 이라면 가게와 일대일 승부가 시작되기 때문이다. 소리가 차단되면 싸우지 못한다.

가게 문에 드리운 포렴을 지나 앞으로 당기는 타입의 문을 열자, 벨 소리와 함께 들리는 "어서 옵쇼" 하는 외침. 점심때여서 가게에 손님이 많았는데, 카운터 자리가 하나 비어서 산포는 안심했다. 혹여 자리가 없더라도 없는 대로 기다리면 그만일 뿐, 아무 문제도 없다. 산포가 걱정하는 것은 2인석에 앉았는데 가게가 만석이 되어 나중에 온 두 명 일행을 기다리게 하는 패턴. 냉큼 꺼져달라고 생각하진 않을까, 의문을 품다가 지친다.

식권 방식인 것도 낯을 가리는 산포로서는 아주 기쁘다. 식권 자판기의 왼쪽 위에 있는 간장라면 버튼에 '기본!'이라고 적힌 노란색 스티커가 붙어 있어서 산포는 그 버튼을 기합을 넣어 눌렀다. 하는 김에 곱빼기 식권도 샀다.

점심시간일 회사원 두 명 사이에 앉아 간장라면 식권과 곱빼기 식권을 점원에게 건넸다. 혹시 저 정도로 눈에 띄게

'기본!' 스티커를 붙였다면, 처음 왔으면서 기본형이 아니라 곱빼기를 시키지 말란 말이야, 하고 혼날 가능성도 있을까? 의심하는 산포의 걱정은 물론 일축되어, 가게 안에 곱빼기를 알리는 목소리가 크게 울렸다. 산포는 여자이면서 곱빼기를 시킨다고 눈치를 살피는 인간은 당연히 아니다. 오히려 곱빼기를 주위에 과시하는 것을 위대한 행위라고 인식한다. 그래서 곱빼기는 이 손님이 시켰다고 알리듯이 가게에서 소개해주는 것은 산포에게 몹시도 기분 좋은 일이었다. 뭐가 기분 좋은지는 산포에게 물어도 요령 있는 대답이 돌아올지는 미지수다.

좋아, 먹어주마, 오라고, 어이. 샌드백을 쳐본 적도 없으면서 링 위에 올라가는 복서 같은 기분을 느끼며 산포는 라면을 기다렸다. 도중에 옆자리 손님의 볶음밥을 힐끔거리며 다음에 올 때의 예정을 세우는 것도 잊지 않는다.

배가 고파서 카운터에 놓인 셀프서비스 염교에 자꾸만 손이 갈 뻔한 것도 꾹 참으며, 최초의 한 입은 반드시 국물이라는 자기만의 규율을 따라 어떻게든 욕망을 길들인다. 워워워.

이보쇼, 우리 날뛰는 망아지를 너무 기다리게 했다가는 큰일 날 거라고, 산포는 배를 문지르며 머리에 수건을 두른 형씨를 도전적인 눈빛으로 계속 지켜보았다. 그러기를 5분. 마침내 "기다리셨습니다!"라는 외침과 함께 산포 앞에 김이 모락모락 나는 그릇이 도착했다. 산포는 그릇이 카운터에 착지하는 것도 못 기다리고 손으로 맞이하러 갔다. "조심하세요." 경고를 들으며 받아 들어보니 상상 이상으로 뜨거웠으나 이미 놓을 수도 없다. 그래도 뜨거워서 테이블에서 몇 밀리미터 뜬 상태로 그릇을 놓치는 바람에 물결친 국물이 조금 카운터에 흘렀다. 아까워라앗.

산포 같은 사람이 비교적 많은지 카운터 위에는 분홍색 행주가 놓여 있었다. 흘린 국물을 허둥지둥 닦으면서 이럴 거면 받아 들기 위한 장갑도 같이 놔달라고 산포는 생각했다. 보통은 가게 직원이 그릇을 놓아주기를 기다리는 법이라고 아무도 말해주지 않았고, 산포는 학교에서 배우지 않았다.

아무튼 구수한 간장과 맛국물의 향에 더는 자신을 억누를 수 없는 산포는, 행주를 원래 자리에 돌려놓고 오른손을 빗장뼈 앞에 세팅했다. 거기에 왼손도 겹쳐 말하기를 "잘 먹겠습니다". 바쁘게 숟가락을 들어 국물을 후후 불고 한 입 홀짝, 뜨거워엇. 데었다. 후후 불었는데 폐활량이 적은 탓일까, 너무 서두른 탓일까.

뜨겁지만 국물은 무진장 맛있었다. 이거야 원, 면과 함께 먹으면 어떻게 될지 자기 자신이 두렵다. 두려워하기만 하면 모든 일에 진전이 없으니, 산포는 결심하고 나무젓가락을 붙잡아 쪼갰다. 오늘은 예쁘게 쪼개졌다, 앗싸. 많은 경우, 산포는 쥐는 쪽의 체적이 불균형한 젓가락을 사용한다.

면을 아까보다 더 후후 분 다음에 먹었다. 뜨거워서 동동거리며 빨아들인 가는 면의 맛은 산포를 순식간에 하늘 꼭대기까지 날아오른 기분이 들게 했다. 순간 눈앞에서 폭죽이 터진 듯한 감각에 휩싸였고, 딱 한 걸음만 더 갔다간 돌아오지 못할 지점에서 생환했다.

"맛있다."

자기도 모르게 살짝 위를 보며 말하자, 마침 카운터 안쪽의 수건 두른 형씨와 눈이 마주쳤다. 악평을 한 건 아니지만 일부러 맛있다고 표현하는 커뮤니케이션 능력이 뛰어난 사람이라고 여겨지면 곤란하므로, 산포는 얼른 눈을 라면으로 되돌렸다. 이거 좋아하는 맛이야, 곱빼기 시키길 잘했어, 나이스, 몇 분 전의 나.

자화자찬에 힘을 얻어 산포는 후룩후룩 라면을 빨아들였다. 차슈도 산포가 좋아하는 물컹물컹 유형, 맛있어. 절반쯤 먹었을 시점에서 으아 자꾸만 줄어드는데 어쩜 좋아, 라고 생각하면서도 줄어들지 않으면 먹을 수 없는 인간의 슬픈 딜레마를 느끼며, 산포는 순식간에 라면 한 그릇을 만끽했다.

물을 단숨에 마시고 다음에 올 손님을 위해 자리를 비우기로 한다. 정말 맛있었으니까 그 마음을 전해야지.

“잘 먹었슘다~.”

버벅댔다. 형씨의 박력에 조금 겁을 집어먹은 게 안 좋았다.

형씨에게서도 고맙다는 인사를 받으며 산포는 포렴을 지나 밖으로 나왔다. 가게의 열기와는 다르게 상쾌한 바람이 앞머리를 살랑살랑 흔들었다. 그럼.

“먹고 나오니까 또 먹고 싶어…….”

태양 아래로 나와, 라면 가게에서 곱빼기를 막 먹은 여자의 머릿속에 떠올랐다고 믿어지지 않는 말을 중얼거린 산포는 터벅터벅 왔던 길을 돌아갔다. 예의 결계로 자진해서 들어갈 생각이다.

붕어빵 가게 앞에 서서 “하나 주세요”. 가게 언니가 막 입을 열려는데 말을 막으며 “바로 먹을 거예요!”라고 외치기. 의욕이 너무 넘쳤는지, 역시나 후후후 웃음을 사는 바람에 민망해진 감정도 따끈따끈한 붕어빵이 걸으며 먹을 수 있게 종이에 싸여 나오면, 입안에 퍼질 맛의 예감으로 바뀌어 머릿속이 채워진다. 맛의 예감으로 먼저 만족할 수 있는 여자, 산포.

"늘 고맙습니다." 그 인사를 받고 실수로 "잘 먹었습니다" 하고 먹지도 않았으면서 말해버린 것도 만족스러운 산포는 깨닫지 못했다. 모처럼 버벅대지 않고 말했는데.

"잘 먹겠습니다." 붕어 머리를 후후후 불고 베어 물었다. 그러나 라면 국물 한 입에도 화상을 입는 산포가 붕어빵을 무사히 퍼스트 바이트 할 수 있을 리 없다. 그러면 그렇지, 크게 한 입 물었다가 "뜨거웟!" 하고 일단 잇자국만 남긴 뒤, 이번에는 주의해서 앞니로 조금만 깨문다. 음, 뜨거워, 달아, 맛있어.

식을 때까지 기다리는 예정은 산포에게는 없다. 후하후하 하며 귀갓길을 걸었다. 다 먹었더니 목이 말라서 편의점에 들러 오후의 홍차를 사는 김에 붕어빵 종이를 쓰레기통에 버렸다.

저녁은 뭘 먹을까. 벌써 다음 식사에 의욕을 보일 무렵, 집에 도착했다. 돌아오면 손 씻고 입 헹구기. 칠칠치 못한 산포가 절대 잊지 않는, 어려서부터 몸에 새겨진 루틴. 과거에 밖에서 고주망태로 취해 친구 집에 묵었을 때는 집주인

보다 먼저 손을 씻고 입을 헹궜다고 한다. 기억 못 한다.

저녁 준비를 시작하기에는 아직 이르다. 아무리 산포라도 배가 그럭저럭 불렀다. 그러니 빈둥거리는 시간에 들어가기로 한다. 산포는 테이블 위에 노트북을 준비하고 의자에 앉아 모니터가 켜지기를 기다렸다. 오후의 홍차를 꼴깍.

동영상을 보기 위해서도, 설마 뭔가 공부하려고 생각한 것도 아니다. 노트북 화면에 커서가 나타나자 아이콘을 클릭해 구글 화면을 띄웠다. 즐겨찾기 해둔 사이트에서 산포의 선택을 받은 것은.

"라지코, 라지코. 오늘은 금요일이~니~까~."(라지코는 일본의 라디오 방송을 인터넷으로 라이브 스트리밍할 수 있는 사이트—옮긴이)

콧노래를 흥얼거리며, 산포는 자기가 사는 지역에서 나오는 것과 다른 라디오국 채널을 클릭했다. 컴퓨터에서 흘러나오는 나직하고 귀에 쏙쏙 꽂히는 남자의 목소리. 마침 사연을 읽기 시작한 참이어서 라디오에 맞춰 산포도 "다이고 씨, 안녕하세요~" 하고 인사했다.

음량을 조금 줄이고, 노트북을 그대로 방치. 산포는 실내복으로 갈아입고 침대에 누워 스마트폰을 들여다보았다. 오후의 홍차는 손에 딱 닿을 바닥에 내려놓았다. 완성, 산포의 빈둥빈둥 타입 휴일 스타일.

산포가 라디오 듣는 습관을 갖게 된 것은 대학에 들어간 후부터다. 아르바이트하던 가게에서 계속 틀어놓은 것을 듣는 둥 마는 둥 듣곤 했다. 그때를 계기로 집에서도 듣기 시작했다. 대학을 졸업하고 지금 사는 집으로 이사하자, 대학 시절에 듣던 방송을 이 지역에서는 들을 수 없어서 실망했다. 조금 알아보니 전국 라디오국 방송을 들을 수 있는 서비스라는 게 있어서 산포는 이거다 싶어 곧바로 등록했고, 그 후로 그때까지 몰랐던 전국 라디오국의 방송도 듣기 시작했다. 한 달에 몇백 엔, 산포의 사치.

지금 방에 틀어놓은 방송은 간사이 라디오국의 방송으로, 금요일이 휴일일 때 산포는 이 방송을 고를 때가 많다. 디제이의 목소리도 좋을뿐더러 사실은 홈페이지에 실린 그의 얼굴이 조금 타입이기도 하다. 참고로 스마트폰으로도 들을 수 있는데 노트북을 쓰는 이유는, 계속 재생하면 폰이 뜨거워지니까 왠지 무서워서.

디제이의 기분 좋은 목소리, 몰랐던 밴드의 노래, 창문을 열어둬서 산들산들 흔들리는 커튼, 부드러운 이불, 정말로 기분 좋다.

산포는 스마트폰을 만지다가 끔벅끔벅 그대로 낮잠에 빠

졌다. 쿨쿨쿨.

음…… 으헉.

눈을 뜬 산포는 순간 자신이 처한 상황을 이해 못 하고, '어, 어디지. 몇 시, 아침? 어라, 지각?' 하며 저녁 해를 아침 해로 착각해 몹시 허둥거렸다. 차분히 생각하면 저녁 해 정도의 주황빛이 방에 내리쬐는 이른 아침 시간대라면 여유롭게 출근 시간을 맞추고도 남는데, 잠에 취한 산포에게 상식은 통하지 않는다.

시계를 보고 다행이다, 낮잠 자다가 깬 것을 간신히 깨달았다. 노트북에서 잠들기 전에 들었던 것과 같은 디제이의 목소리가 들려서 시간이 그렇게 많이 지나지 않았음을 알고 안심했다.

으아압, 두 다리를 하늘 높이 들어 반동으로 일어나려 했으나 기력과 복근이 부족해 다시 이불로 돌아왔다. 포기하고 팔의 힘으로 일어나 크게 하품을 하며 활짝 열어놓았던 창문을 닫고 그 후에 입도 닫았다.

일어난 김에 냉장고 상황을 확인하기로 했다. 음료는 있다. 먹을 것도 있긴 있으나 휴일 마지막을 장식할 저녁 식사를 만들기에는 조금 아쉽다. 치즈와 콩나물만으로는 밥을 못 먹는다.

하마터면 먹고 자고 또 먹는 휴일을 보낼 뻔했던 산포를 식욕이 내몰았다. 쌀을 한 컵 밥솥에 세팅하고 노트북을 조작해 라디오를 껐다. 벗어서 의자 등받이에 걸쳐둔 옷을 입고, 뭉쳐서 바닥에 휙 던져둔 양말을 신었다. 그리고 가방을 어깨에 메고 열쇠를 들고 뉴발란스를 신으면 다시 외출 스타일 완성이다.

낮보다 조금 바깥 기온이 내려간 것 같다. 돌돌 말아 올린 소매를 내리고, 가겠노라 슈퍼로. 오늘은 집에서 제일 가까운 슈퍼에 가기로 정했다. 너무 먼 거리를 걷기 싫어서는 아니다. 콩나물이 냉장고에 있다. 그러니 김치찌개라도 만들어서 다 쓸 생각인데, 산포가 애용하는 김치찌개 양념을 상비한 슈퍼는 이 근처에 하나뿐이다. 많이 걷지 않으니까 오늘은 자기 전에 스트레칭이라도 해야겠다.

주머니에 여전히 아이팟이 들어 있는 걸 알지만, 이번 외출은 맨귀로 도전한다. 목적지가 가까워서가 아니다. 저녁 무렵, 동네에 흩어진 사람들의 귀가 소리를 들으며 걷기를 좋아한다.

산책하는 개와 계속 눈을 마주친 상태로 걷는 바람에 산포는 자칫 전봇대에 부딪칠 뻔했으나, 간신히 슈퍼로 무혈

입장하기에 성공했다. 가게를 이리저리 살펴보고 산 것은 김치찌개 양념과 삼겹살, 잘게 썰린 배추, 두부, 이상. 내일은 내일 먹고 싶은 음식이 있을 테니, 산포는 웬만하면 한꺼번에 장을 보지 않는 주의다. 사다 놓고 깜박해서 썩혔던 몇 번의 경험이 산포를 성장시켰다고 하겠다.

다른 데 들르지 않고 집으로 돌아왔다. 또 오자마자 손을 씻고 입을 헹군 후, 사 온 식품들을 냉장고에 집어넣었다. 양말을 대충 벗어 던지고 가방을 내려놓은 뒤, 오늘은 더 입지 않을 겉옷을 나무로 된 옷걸이에 얌전히 걸어 옷장에 넣었다. 커튼을 활짝 열어놓았으면서 실내복을 입기 전에 외출복 처리부터 먼저 한 이유는, 산포가 행동 순서를 짜는 데 지극히 서툰 것만이 이유는 아니다. 맨션 앞이 강과 야트막한 민가이므로 웬만해서는 누가 엿볼 리 없다고 부동산 중개인이 말했기 때문이다. 만약 어디선가 누가 망원경을 쓴다면야 속옷 차림이 훤히 보이겠지만, 그렇게까지 기합을 넣어서 한다면 완패니까 어쩔 수 없다고 산포는 포기하고 있다.

느릿느릿 실내복으로 갈아입은 산포에게는 아직 시간이 남았다. 밥도 아직 안 됐고 해도 저물지 않았다. 음, 어쩌지. 바닥에 그대로 둔 오후의 홍차를 한 모금 마시고, 그러고 보니 도서관에서 빌린 책을 아직 다 읽지 못한 것을 떠올렸다. 일하다가 발견하고 궁금해서 빌리고선 통근용 가방에 그냥 넣어두었다.

의자에 앉아, 가끔은 바닥에 앉아 의자를 테이블 대신으로 쓰며 책을 읽는데, 달콤한 예감 같은 냄새가 산포의 코까지 흘러들었다. 이제 곧이다.

산포의 감각은 어긋나지 않았다. 잠시 후, 밥솥이 울리며 집주인을 불렀다. 그러나 산포는 일어나지 않았다. 밥과 배를 애태운다. 아직 공복감이 충분하지 않다. 그리고 지금 먹으면 나중에 배가 고프다.

산포는 한 시간가량 책을 딱 좋은 지점까지 읽고서 마침내 일어섰다. 몸을 굽혔다가 펴고 팔을 쭉쭉 늘이고 목을 돌리며 화장실에 갔다.

자아, 저녁 준비다! 산포는 의욕이 넘치지만, 오늘 저녁은 김치찌개 양념으로 끓인 김치찌개, 간단하다. 채소를 씻고 썰어서 1인용 냄비에 김치찌개 양념과 함께 몽땅 넣고 전기레인지에 올리기만 하면 종료. 남아도는 산포의 의욕은 먹을 때 쓸 것이다.

김치찌개 양념병을 보며 이 순한 맛을 어디서나 팔면 좋겠다고 멍하니 생각하는 사이, 불이 너무 셌는지 국물이 넘쳤다. 아까워라.

매번 이러니까 부엌에 상비해둔 키친타올로 넘친 국물을 훔쳤다. 그러고 보니 다음에 냄비 요리를 할 때까지 장갑을 살 생각이었는데 깜박한 것을 떠올렸다. 분명 다음에도 깜박할 것을 알면서도 메모해야지 하는 생각도 금방 잊는다.

김치찌개의 냄새에 채소와 고기 냄새가 뒤섞여 더없이 맛있는 냄새가 피어난다. 환풍기를 최고 세기로 돌렸고, 부엌과 거실을 나누는 문은 일찌감치 닫아두었다. 거실에 이 냄새가 충만하면 틀림없이 김치찌개 꿈을 꾸리라. 꿈속에서는 또 다른 음식을 먹고 싶다.

배추가 숨 죽은 정도로 완성도를 확인했다. 수건으로 냄비 손잡이를 잡고 거실까지 옮겼다. 이런, 노트북도 정리 안 했고 냄비 받침도 안 둔 것을 깨닫고 부엌으로 리턴. 일단 냄비를 내려놓고 테이블을 냄비용으로 세팅, 다시 조심조심 냄비를 테이블까지 옮겼다. 이걸 엎었다간 대참사이니 특히 신중해야 한다. 그랬는데도 도중에 벗어 던진 양말을 밟아 미끄러져서 "꺄악!" 하고 무심코 비명을 질렀으나 간신히 버텨냈다. 양말의 마찰력아, 고맙다. 생각보다 튼튼하네, 내 코어.

오후의 홍차는 다 마셔서 보리차를 컵에 따르고, 한 컵짜리 밥을 그대로 밥공기에 푸면 저녁밥이 완성. 이제 후후 불면서 먹기만 하면 된다.

"잘 먹겠습니다."

김치찌개는 맛있었다. 점심의 라면과 같은 첫 만남의 두근거림은 없으나, 다시 만났다는 평온함을 준다. 몸과 마음에 익숙하다.

산포 기준으로 꼭꼭 씹으며 순식간에 먹어치우고 곧바로 정리를 시작했다. 산포는 자기 성격을 그럭저럭 이해하고 있어서, 재깍재깍 하지 않으면 귀찮아져서 내일 아침까지 안 할 것을 잘 안다. 쌓이기 시작하면 금방 쓰레기장 방구석이 될 것 같으니 가장 처음에 할 일을 처리한다. 칭찬해주면 좋겠다고 산포는 바란다.

"어른도 운다네~, 어른도 무섭다네~, 어른도 쓸쓸하다네~, 어른도 들뜬다네~."

콧노래, 가 아니라 대놓고 노래를 부르며 설거지를 마치고 손을 닦은 다음, 산포는 거실 의자에 앉아 단정치 못하게 등받이에 축 기댔다. 전신에 샘솟는 큰일을 마쳤다는 감각.

아, 냉동실에 아이스크림 있었지. 산포는 조금 전의 5분 남짓한 중노동도 까먹고, 룰루랄라 기분으로 부엌에 돌아갔다. 냉동실 문을 여니 예상대로 모우의 초콜릿 맛 아이스크림이 있었다. 손을 내밀어 아이스크림에 손가락이 닿을 즈음 불현듯 생각을 바꿨다. 목욕한 뒤에 먹어야지.

대신 전에 편의점에서 경품으로 받은 캔 커피를 냉장고에서 꺼냈다. 원래 홍차파지만 커피도 가끔은 마신다.

의자에 앉아 휴우 숨을 내쉬었다.

그리고 제정신을 차리기라도 한 듯이 산포는 생각했다.

아, 오늘은 아무 일도 생기지 않았네.

처음 가보는 라면 가게에 갔고 붕어빵을 먹었고 낮잠을 잤지만, 기본적으로 평소 산포의 생활에서 벗어나는 일은 무엇 하나 생기지 않았다. 그 사실을 절대 슬프다고 느끼는 것은 아니고, 산포는 홀가분했다고 느꼈다. 예전에도 있었던 비슷한 휴일보다 최근 며칠간의 휴일은 유독 홀가분하게 느껴졌다. 어라, 왜 그럴까, 고민했다.

딱히 매일 애인과 같이 있었던 것도 아닌데, 하며 이제는 그다지 좋은 추억이 아닌 둘이 함께했던 이모저모를 회상하다가 산포는 깨달았다.

오늘, 그를 생각한 것은 지금이 처음이다. 처음 만나서 좋아하게 되고 사귀기 시작하고 헤어진, 대수롭지 않은 관계인 그를.

산포는 캔 커피를 홀짝 마셨다.

예전 같으면, 라면 가게에 처음 갔을 때 애인에게도 먹여주고 싶다거나. 저녁밥을 지을 때 애인에게 뭐든 만들어 주는 게 좋을까, 라거나. 실내복도 조금은 귀여운 옷을 입는 편이 나을까, 만나지 않아도 그런 생각을 했었다.

그건 그것대로 즐거웠으나 한편으로 자신에게는 분명 부담스러운 일이었다. 행복 속에 있는 중노동. 마비되어서 깨닫지 못했던 중노동. 안 해도 되니까 홀가분해졌다.

산포는 혼자 에헤헤 웃었다. 홀가분해진 걸 알았다고 해서 딱히 그와의 추억이 전부 좋은 쪽으로 변환되진 않는다. 그저 홀가분해졌으니까 조금 더 먹어도 된다는 생각이 들었을 뿐이다. 산포는 방 한쪽에 놓아둔 비장의 과자 박스를 열어 콜론 과자를 꺼냈다.

콜론을 아작아작 먹으며 스마트폰을 보자, 대학 시절 남자 사람 친구에게서 라인으로 연락이 왔다. 별 내용 없는 라인에 산포는 '지금시간있음?' 하고 띄어쓰기할 수고를 들이기도 아까워하며 답변을 보냈다. 그러자 상대가 집에 있다고 답을 보내와서, 산포는 곧바로 전화를 걸었다.

"있잖아, 교훈인데, 애인과 헤어진 후에 상대에게 홀가분해졌다고 여겨지는 남자는 되지 마라."

일방적이며 제멋대로 강연을 퍼붓자, 친구의 "뭐라고?" 하는 대꾸가 크게 뇌를 울려 산포는 한바탕 크게 웃었다.

무기모토 산포는
라임이 좋아

무기모토 산포는 통화 중.

“응, 요전에도 혼났다니까. 단독으로 선배한테 반항은 안 하지, 목숨이 제일인 거 나도 알거든. 동기라도 있으면 위협에 맞설 수 있겠지만, 지갑 사정이 안 좋으니까, 도서관도. 그렇구나, 응, 하긴 힘들지, 어디나. 어떤 훌륭한 사람이 책의 미래를 위해 돈을 투척해주면 좋겠는데. 우리한테는 고작 땡전 한 푼도 안 돌아오겠지만. 아하핫, 고액 연봉자께서 무슨 말씀을 하십니까. 그렇지, 톨스토이도 말했잖아, 역경이 인격을 만든다고. 잡초 근성으로 하는 수밖에 없어. 가난뱅이 산포도 도무지 안 오르는 월급으로 노력한답니다. 예이, 지극히 마땅하신 말씀입니다. 좀 저질스러운 얘긴데, 출세하면 말이야, 굴절한 어른이 됐을 거야. 다짜고짜 돈 얘기만 늘어놓고. 역시 어딘가 비틀어진다니까, 아하하. 아, 그렇지 돈 얘기가 나와서 말인데, 일본에서 가장 비싼 콜라가 어디서 파는 건지 알아? 기본 위치 에너지 때문에 후지산 정상은 5백 엔이래. 추울 것 같지. 아무튼 예외가 있는데, 금방 말하면 시시하지만 제일 비싼 건 역시 호텔이래. 2천 엔쯤 한대. 그 돈이면 익사할 만큼 콜라를 마실 수 있을 텐데. 불건전한 어른들이 마시는 거 아니야? 그리고 병이래. 믿을 만해, 병 콜라는 불량한 느낌이라니까. 레몬이나 라임이 온 더 타임으로 같이 나온대, 아, 전치사는 필요 없을까. 너한텐 레몬 줄게, 나는 라임을 좋아해. 으음, 라피스라줄리의."

"저기 산포, 잠깐만."

"응, 왜?"

"그거니? 혹시 라임 맞추려고 했어?"

"아이고, 들켰네."

무기모토 산포는
생크림이 좋아

무기모토 산포는 성인군자는 아니다. 청렴결백하지도 않고 순진무구하지도 않다. 평범한 수준의 다정함을 지녔고 사람을 사랑하지만, 동시에 남에게 화를 내고 남을 증오하기도 한다. 아니, 증오한다고 하면 불구대천의 원수를 밤낮으로 저주해 죽이려는 산포를 상상할지 모르는데, 산포는 그런 귀찮은 짓은 안 한다. 금방 질리는 성격이라 감정을 유지하기도 어렵다. 그저 단순히 분노가 어느 경계선을 넘은 순간, 네놈의 아킬레스건을 도려내서 그 입에 처넣어줄까, 라고 생각할 뿐이다.

산포의 분노는 단계를 밟는다. 대부분 산포의 분노는 다른 사람의 무분별한 행동에 따라오는데, 제일 처음에는 충격을 받는다. 이 세상에 이런 무분별한 언동을 외부로 내보이는 사람이 있고, 이렇게 가까이에서 살고 있다는 사실에 충격을 받는다. 다음으로 산포는 망설인다. 어떻게 대처해야 할까, 내가 뭘 할 수 있을까, 허둥지둥한다. 그렇게 곤혹스러워하다가 대체로 아무것도 못 하고 끝나는 자신에 의기소침해지는데, 이게 세 번째 단계. 그다음으로 산포는 깨닫는다. 나쁜 짓을 한 건 내가 아니다, 남을 가슴 아프게 한 건 내가 아니다. 어째서 저런 심술궂은 인간 때문에 선량한 사람, 산포 자신도 포함해 평범하게 살았을 뿐인 사람이 가슴 아파해야 하는가. 분노가 차올라 생각한다, 네놈이 든 토트백 끈을 전부 재킷에 꿰매줄까. 상대가 토트백을 가졌는지 안 가졌는지, 재킷을 입었는지 안 입었는지에 상관없이.

참고로 최근 가장 열받았던 일은, 좋아하는 빵집에서 한정 개수로 판매하는 생크림 담뿍 크림빵을 사려고 줄을 섰는데, 앞에 선 여성에게 친구로 보이는 그룹이 말을 걸더니 그대로 줄에 끼어들어 산포 바로 앞에서 크림빵이 다 팔려버린 일이다. 뒤로 가서 줄을 서라고 말할 용기가 없었던 산포는 그놈들 전원 자전거에 다리가 치이기를 바라며 또 다른 단골 빵집까지 걸어가서 크림빵을 샀다. 거기도 맛있으니까 뭐 괜찮지만.

이런 이야기를 가끔 하면 상대방은, 산포도 화를 내는구나 혹은 산포도 남을 원망하는구나, 라며 놀라거나 때에 따라서는 실망한 표정을 짓기도 한다. 희로애락은 있는 게 당연한데 어처구니없다. 멍하다는 소리를 듣거나 넋이 빠졌다는 소리를 들을 때보다 더 어처구니없다.

그렇지만 어처구니없는 소리를 듣는 것에 대해 산포는 자신의 감정 표현 방식이 서툴러서 그런 거라고, 일단은 이해심을 보인다. 나쁜 놈에게 직접 어떤 점이 마음에 안 드는지 설명할 수 있다면 얼마나 좋을까.

그러나 독학으로 그 방법을 배우기는 아무래도 어렵다. 오늘도 근무 중에 싫어하는 남자 교수가 서고의 책을 찾아오라고 명령해서, 아니 엄밀히 말하면 책 제목만 딱 적은 종이를 던지듯이 건네줘서, 그래도 제대로 찾아다 줬더니 "느리잖아"라고 지껄이는 소리를 들었는데, 그 자리에서 도서관은 교육적 측면도 지닌 기관이니 제대로 된 태도를 갖추라고 한마디 주의라도 줬으면 좋았을 텐데 못 했다. 머릿속으로 그 길쭉한 머리카락에 백과사전을 매달아서 바다에 가라앉혀줄까, 라고 생각할 정도라면 뭐든 말하면 좋을 것을.

그런 자신의 머릿속 때문에 의기소침해진 산포가 카운

터에서 사무 작업에 힘쓰는데, 산포의 사정 따위 알 턱 없는 이용자가 말을 걸었다. 그다지 태도가 좋다곤 할 수 없는 남학생은 어제 전화가 와서 접수 카운터로 오라는 소리를 들었다고 한다. 그러고 보니 출근했을 때 전달받은 내용이 있던 것을 떠올리고 산포는 "잠깐 기다려주세요"라고 말하고, 휴게실에서 일을 정리 중이던 다정한 선배를 불러왔다. 약간 성가셔 보이는 이용자를 선배에게 패스할 수 있어서 안심하는, 조금은 교활한 산포.

다정한 선배가 웃으며 무뚝뚝한 남학생에게 "안녕하세요" 하고 인사하는 모습을 지켜본 후, 산포는 사무 작업으로 돌아갔다. 무서운 선배가 맡긴 업무다. 게으름을 피우면 번개가 내리친다.

그러나 다정한 선배와 남학생의 대화는 카운터를 끼고 이루어지니, 대화의 단편이 산포에게도 들렸다. 물론 신경은 컴퓨터 화면에 쏟고 있으므로 경청한 것은 아니지만, 드문드문 내용이 들렸다. 들어보니 줄곧 같은 책을 대여 중인 학생에게 반납을 재촉하는 전화를 계속 걸었는데, 결과적으로 책을 찾지 못해 변상하게 됐다는 소리인가 보다. 과연, 그게 기분 나빠서 남학생이 퉁명스러웠구나.

남학생이 돈을 내밀자, 다정한 선배가 그것을 받아 휴게실로 갔다. 휴게실에는 소액이지만 이럴 때를 위한 돈을 준비해둔다.

다정한 선배가 없는 사이, 남학생이 카운터를 검지와 중지로 두드리며 기다리기에, 산포가 이 애는 손가락 씨름 선수가 아닐까 의심을 품었을 때였다. 친구로 보이는 남학생 몇 명이 그에게 다가왔다. 그들은 여기가 도서관 안이어도 상관없는지, 마치 이곳이 학교 교정이었나 착각이 들 정도의 큰 목소리로 대화하기 시작했다. 이런 일은 어떤 면에서 일상다반사여서 분노할 정도의 일은 결코 아니지만 도서관 직원으로서 경고해야 한다. 운 나쁘게도 가장 가까이 있는 사람이 산포여서, 하기 싫지만 일어나서 "잠깐만요" 하고 말을 걸었으나, 산포의 갈라진 목소리는 그들의 시끄러운 목소리에 두들겨 맞아 무참하게도 바닥을 굴렀다.

산포도 나쁜 게, 목소리가 너무 소극적이었다. 이번에는 좀 더 큰 목소리로 말하려고 했는데, 다정한 선배가 돌아와서 마치 성녀처럼 주의를 시켰다. "목소리를 조금만 낮춰주세요." 꼭 큰 소리를 내지 않아도, 날카로운 단어를 쓰지 않아도 저렇게 주의를 시키는 방법도 있구나. 산포도 배워야겠다.

다정한 선배가 영수증과 거스름돈을 상대에게 확인시키

고 갈색 봉투에 담아 그 남학생에게 돌려주려고 했는데, 그는 마치 빼앗듯이 돈을 잡아채 주머니에 쑤셔 넣었다. 그러면 안 되지, 곁눈질로 힐끔거리며 작업하던 산포가 생각했다. 그러나 그 후에 그들이 취한 행동은 더 형편없었다.

"도서관이 왜 너한테 돈을 줘?"

"아니, 낡아빠진 책을 잃어버렸더니 돈을 내라잖아, 그딴 책 가지고 시끄럽게."

그걸 일부러 카운터 앞에서 말하다니. 산포는 허둥지둥했는데, 이는 분노로 바뀌기 전전전 단계다. 만약 그들 앞에 선 직원이 무서운 선배였다면 호통을 치고도 남았다. 다행이네, 거기 청년들. 앞에 있는 게 다정한 선배여서.

그렇게 남학생들이 무사히 떠나는 모습을 지켜보던 산포의 눈에 일순간 무언가 무서운 환영이 보였다.

"잠깐 기다려요."

산포는 무심코 눈을 바쁘게 깜박였다. 거기 있는 것은 틀림없이 다정한 선배. 무서운 생물체는 어디에도 없다. 그러나 나긋나긋하게 선 선배의 모습에서 뭔가 범상치 않은 것을 본 듯한 기분이었다.

"뭐, 뭡니까?"

"이건 책에만 한정된 문제가 아니에요."

다정한 선배가 가슴을 부풀리듯 폈다.

"오랜 세월에 걸쳐 낡은 물건에는 그것을 소중하게 다뤄온 많은 사람과 그것을 지켜온 사람이 있어요. 신상품보다 더 많은 사람의 애정이, 일이 거기 담긴 거예요. 이 세상에는 그런 물건을 그딴 거라고 부르며 함부로 다루고, 그 점을 반성할 마음도 없는 어른들이 아주 많아요. 그런 짓을 하면, 언젠가 나이를 먹었을 때, 이번에는 본인이 똑같은 꼴을 당할 거란 생각이 들어요."

느리면서도 알아듣기 쉽고 따뜻한, 다정한 선배의 말.

"그런 생각, 안 드세요?"

귀를 기울이던 산포도 알 수 있었다, 선배는 느리고 알아듣기 쉽고 따뜻한 말투를 쓰는 것이, 아니다. 크게 착각했다.

선배가 쓰는 말투는, 귓구멍으로 침입해 생생히 산 채로 차츰차츰 상대의 마음을 휘감아 본인의 내장 온도를 느끼게 하는 그런 것. 산포는 뱀을 상상했다.

뱀의 노려보는 시선에 얌전해진 남학생은 조용히, 잽싸게 카운터 앞을 떠나 도서관에서 나갔다.

어안이 벙벙해져 있는데, 뱀, 아니 다정한 선배가 이쪽을 돌아봐서 놀라는 산포. 도저히 머릿속으로 다정한 선배라고 별명 붙인 사람을 대하는 태도가 아니다.

"곤란한 사람이었지."

그렇게 사랑스러운 아가씨처럼 말해도, 산포에게는 조금 전과 똑같을 선배의 미소가 더는 다정해 보이지 않았다. 아니, 다정한 건 맞는데 그 안에 뭔가 있다.

방금 목격한 것에 대한 경외하는 감정과 최근 품었던 고민을 완전히 연결한 산포의 입에서 무심코 말이 튀어나왔다.

"선배, 아니, 스승님, 가르침을 받고 싶어요."

"어, 뭔데? 그 서류는 내 담당이 아닌데."

"아, 네, 이게 아니거여."

버벅댔다.

"지금 주의를 시킨 방식이 정말 멋있어서요. 저기 최근에 그런, 감정을 외부로 표출하는 걸 잘할 수 있으면 좋겠다고 생각했는데 저는 말을 못 해서, 그래서, 저기, 괜찮다면 다른 사람에게 화를 내는 방식을 가르쳐주시면 안 될까요?"

커뮤니케이션에 서툰 것이 명백해 보이는 산포의 부탁에도 다정한 선배는 명랑하게 웃어 보였다.

"에이, 그것도 내 담당은 아닌데. 그 서류랑 같이 그 애한테 부탁하는 게 낫지 않아?"

다정한 선배는 동갑인 무서운 선배를 그 애라고 부른다.

"아니, 그분이 화내는 방식은 조금, 난관이 있어서."

"시끄러워, 일이나 해."

"히익."

어느새 뒤에 서 있던 무서운 선배에게 뺨을 부드럽게 잡혀서, 산포는 뺨이 늘어난 채 고개를 끄덕였다.

물리적으로 뱀보다 호랑이 교관이 더 무서운 산포는 그 후 일시적으로는 일에 집중했으나, 여유 시간이나 점심시간에는 다정한 선배에게 "그런 기술을 어떻게?"라거나 "혹시 출생의 비밀이?"라며 집적거렸다. 그때마다 "그럴 리 없지" "아무것도 없어"라고 얼버무린 다정한 선배였으나, 마침내 체념했는지 아니면 인내심이 바닥났는지 "산포" 하고, 직원실에서 새삼스럽게 이름을 불렀다. 마침내 어떤 가르침이 오는구나 싶어 등을 펴는데, 다정한 선배는 다정한 표정 그대로 팔을 뻗어 갸름한 손가락으로 산포의 팔뚝을 살짝 잡았다.

"화내는 방식은 모르겠지만 그럼 데이트라도 할까?"

단순히 의미를 이해하지 못해 산포는 고개를 갸우뚱했다.

"어, 누, 누구하고요?"

"나랑 산포랑. 재미있는 곳에 가지 않을래? 물론 내킨다면, 이지만."

다정한 선배의 풍만한 몸매와 어우러져 그 말이 다소 야하게 들린 산포는 얼른 그 상상을 지웠다.

다정한 선배가 이렇게 사적으로 뭔가 제안한 것은 처음이어서 당연히 기뻐진 산포는 있는 힘껏 고개를 세로로 끄덕였다.

"부드럽게 부탁드립니다."

이 대답도 뭔가 이상하다고 생각했으나 일단 쏟아진 말은 주워 담을 수 없으니 그대로 둔다. 다정한 선배는 개의치 않는지, "그럼 나중에 일정 맞추자"라고 속삭이며 산포의 팔을 놓고, 일하러 돌아갔다.

혹시 보기 좋게 속아 넘어간 건 아닌가 싶어 괜히 주위를 두리번거렸다. 서류를 가지러 들어온 무서운 선배와 눈이 마주쳤다.

또 어쩌다 보니 다정한 선배가 데이트하러 가자고 했다고 보고했다. 무서운 선배는 서류를 집으며 "호오" 하고 대꾸하더니, "잡아먹히지 마"라는 말을 남기고 나갔다.

응? 어떤 의미지?

어떤 의미일지 의문만 남은 충고를 받고서, 산포는 심신양면 긴장한 채 그날을 맞이했다.

일단은 먹히기 쉬운 복장이어야 할까, 라는 선배를 향한 잘못된 배려도 허무하게 '움직이기 편하고 조금 지저분해져도 좋은 복장으로 와'라는 메시지를 받은 산포는 그 지시를 따랐다.

스포츠클럽 혹은 암벽등반에라도 데려갈 생각일까, 운동 부족이어서 고생하겠다 싶었는데 아무래도 좀 다른 것 같았다.

집 근처 역에서 전철을 타고 15분. 지정한 역 앞에서 만난 선배는 심플한 차림이었는데 귀여운 데다가 향긋한 향기가 나는 꽃 같아서, 산포는 아주 솔직하게 자기가 남자였다면 애인으로 삼고 싶다고 생각했다. 참고로 산포, 여자 애인이 있던 경험은 아직 없다.

간단히 인사를 나누고, 도대체 어디에 갈 건지 산포가 묻자 다정한 선배는 "후후후후후" 하고 딴청을 부리며 아무것도 가르쳐주지 않았다. 무서워라.

경계심을 놓으면 안 되겠다, 다정한 선배와 일정한 거리를 두려던 산포였으나 동요는 몰라도 의문 쪽은 비교적 금방 해소됐다.

선배의 안내를 받아 역에서 산책하기를 15분, 도착한 그곳을 산포는 분명 알고 있었다.

"아."

"응?"

"여기, 와본 적 있어요."

"그래? 후후훗."

훨씬 무서운 곳에 끌려가리라고 제멋대로 생각했던 산포는 맥이 풀렸다. 그곳은 공립 도서관이었다. 산포가 지금 집에 살기 시작하고서 딱 한 번 견학하러 온 적이 있다. 평소 이용하는 곳은 직장인 도서관이어서 결국 다니진 않았지만, 그때 흥미진진하게 내부를 둘러보아서 구조까지 똑똑히 기억한다.

그나저나 왜 직장을 떠올리게 하는 이런 곳에. 혹시 너무 집요하게 캐물으니까 아예 도서관의 기초를 처음부터 철저히 주입해주겠다는 심산일까.

기본적으로 응석받이여서 매서운 말을 듣기 싫어하는 산포가 직무 질문을 받은 시민 같은 표정으로 바라보는 것도 무시하고, 다정한 선배는 성큼성큼 도서관으로 들어갔다. 산포도 다급하게 쫓아갔다.

도대체 무슨 일이 벌어지려나. 결국, 장소가 어디든 산포는 전전긍긍이다. 그런 후배를 곁눈질하며 다정한 선배는 접수 카운터로 다가갔다. 앉아서 일하는 중인 직원들에게 말을 걸어 인사를 나누고, 무슨 이유에선지 산포를 소개했다.

“이 친구가 오늘 조수를 해줄 거예요. 무기모토 산포라고 합니다.”

영문을 모르면서도 소개를 해줬으니 “아, 안녕하세요” 하고 인사하자, 직원들이 매우 밝은 미소로 반겨주어서 수상하게 행동하는 자신이 미안해졌다.

“저, 저기, 조수라니.”

“자, 이거. 산포 이름표. 어제 만들었어.”

질문에 도무지 대답해주지 않는 다정한 선배. 다정한 선배 맞아? 그녀가 건네준 목에 거는 이름표를 보니, 귀여운 꽃무늬가 그려져 있고 가운데에 큼지막하게 ‘산포’라고 적혀 있었다. 귀여워라. 이게 아니지, 뭔데, 도대체 무슨 일이 시작되는 거냐고. 산포의 행동이 한층 더 수상해졌다.

허둥거리는 사이, 짐을 접수 카운터 안쪽 구석에 놓고 앞치마를 두른 후 두껍고 커다란 종이를 다발로 들게 됐다. 설명은 없다. 뭔가 싶어 펼쳐 보았다.

“종이 연극, 인가요?”

“응, 종이 연극이야. 지금부터 우리는 아이들에게 종이 연극을 들려줄 겁니다~.”

"호엥?"

이상한 소리가 나왔다. 다정한 선배(?)가 재밌는지 주먹을 입가에 대고 웃었다.

"괜찮아, 읽는 건 내가 할 거니까. 산포는 아이들 틈에 들어가서 얌전하게 볼 수 있도록 같이 종이 연극을 감상해주면 돼. 가끔 다투는 아이들도 있으니까 그때는 산포의 실력을 보여줘."

진짭니까?

진짜야, 진짜야, 진짜야?

낯가리는 인간에게 최고의 천적이 아이라는 것을 이 사람은 모르나, 혹시 알면서 이러는 건가?

즐거운 놀이기구의 정체를 알자, 단숨에 체온이 상승했다. 산포의 머리는, 다정한 선배가 하려는 일을 간신히 이해했다.

"실천, 이라는 말씀이죠?"

"아이들이랑 그냥 노는 거야."

후후훗 웃는 선배의 얼굴을 보고 산포는 깨달았다. 자신의 어수룩함을.

으악, 나는 도대체 어떤 사람과 얽히고 만 거지. 신이시여, 부탁입니다. 시간을 되돌려주세요. 나는 다정한 언니가 하나부터 열까지 가르쳐주리라 믿었을 뿐인데.

물론 산포에게 지금 당장 돌아가겠다고 말할 용기는 없으니, 종이 연극 재료를 든 채 어쩔 줄 모르며 선배 곁에 붙어 있을 수밖에 없다. 도서관 한쪽 구석에 색색의 사각 쿠션을 나란히 놓아 만든 아이들 전용 공간이 있었다. 그렇군, 여기가 내가 숨을 거두는 곳인가, 산포는 하늘을 우러렀다. 천장에 달린 별과 태양 모양 장식이 보였다.

'지금은 들어오면 안 돼요'라고 적힌 간판 효과인지, 아직 아이들은 없다. 그사이 다정한 선배와 함께 작은 책상 위에 종이 연극을 공연하기 위한 나무판을 세팅하거나 널브러진 그림책을 주워 어린이 서가에 꽂기도 했다.

산포는 궁금했던 것을 선배에게 물어보았다.

"매번 하세요? 뭐라고 하죠? 구연동화 자원봉사?"

"아니야, 늘 하는 지인이 대타를 부탁할 때가 가끔 있어. 산포와 데이트하는 날이랑 타이밍이 맞아서 불렀어."

그것 참 타이밍 한번 나쁘다. 자기 쪽에서 들러붙었으면서 타이밍 탓을 하는 못되어먹은 산포는 아이들 전용 공간 앞에 세워둔 간판을 '조용히 놀아요'로 떨떠름하게 바꿨다.

그러자 기다렸다는 듯이 너덧 명의 아이들과 그 엄마들이 산포와 선배만의 평화로운 공간에 나타났다. 마음의 준비라곤 전혀 안 된 산포는 숨이 턱 막혔다. 산포의 동요를 알아차리고 도와준 걸까, 다정한 선배가 아이들과 엄마들에게 천사 같은 미소를 지으며 백만 점짜리 인사를 했다. 그러자 엄마들도 덩달아 환하게 웃었고, 아이들은 "오랜만에 보는 언니다!" "왜 안 왔어요?"라며 다정한 선배 근처로 달려갔다. 그 미소, 남자뿐 아니라 숙녀와 아동도 함락하는구나.

물론 산포가 투명 인간이라 안 보이는 것도 아니니, 먼저 엄마들의 시선이 이쪽을 향했다. "오늘 같이할 무기모토 산포입니다." 엄마들에게는 소극적이어도 이 정도 소개로 괜찮았으나, 아이들은 그런 사무적인 인사로 봐주지 않았다. 그중에서도 적극적인 아이가 산포를 올려다보며 연호했다. "산포!" "산포!"

"마, 맞아, 산포입니다~."

억지웃음 뒤로 벌벌 떠는 꼴이 훤히 보였는지, 아이들이 어리둥절한 표정을 지어 또 슬퍼졌다.

그다지 유쾌하지 않은 대화를 나누는 사이, 아이들이 하나둘 종이 연극을 보러 모였다. 그 인원이 총 열두 명. 유치원 한 반으로 따지면 적은 편인데, 산포로서는 맹수 열두 마리와 있는 것이나 마찬가지다. 입에 착 달라붙어서 그러는지, 아이들은 다정한 선배에게 매달려 재롱부리면서도 산포를 향해 "산포" "산포" 하고 이름을 불렀다. 이번에도 그다지 재미있는 반응도 못 한 채, 대학 시절 선배의 무리한 요구에 휘둘렸던 때 기분을 떠올렸다.

그래도 원래 책에 흥미가 있는 아이들일 것이다. 다정한 선배가 말을 시작하자 모두 얌전히 종이 연극 쪽을 돌아보았다. "뭐 할 거예요?" "재밌는 게 좋아." 왁자지껄 떠들면서도 무질서하게 날뛸 기미는 없어서 산포는 안심했다. 낯가리는 사람에게 아이들의 무서운 점은, 마음의 방향성을 도무지 읽을 수 없는 점이다. 산포가 이 상황에 느끼는 부담감이 살짝 낮아진다.

조금은 안심하며 선배에게 지시받은 대로 슬금슬금 아이들 사이에 반듯이 앉았는데, 경계심을 낮춘 게 실수였는지 한 여자아이가 산포의 무릎 위에 털썩 앉아서 당황했다. 에도 시대식 고문이라도 할 생각인가 싶었는데, 비켜달라고 말하기는 조심스럽다. 산포는 그 상태로 종이 연극을 보기로 마음먹었다. 어차피 고작 10분 정도이니까.

그 10분 동안 다정한 선배는 도대체 뭘 알려주려는 걸까.

심각한 표정으로 기다리는데, 옆에 앉은 남자아이가 "산포, 무서워?"라고 물어서 억지로 웃는 얼굴을 꾸몄다. 무서운 걸로 따지면 너희가 무서워.

산포가 느끼는 이런 공포가 다정한 선배 내면에는 한 조각도 없나 보다. 선배는 아이들을 향해 "자, 시작할까?"라고 말하고, 곧바로 종이 연극을 시작했다. 연신 짓는 미소에서는 어제의 뱀 같은 분위기가 전혀 느껴지지 않는다. 하기야 당연한가.

먼저 다정한 선배가 자기소개를 했다. 아이들 대부분 선배를 잘 알고 있어서, 선배는 첫 참가일 몇 명 안 되는 아이들에게 자신의 이름표를 적극적으로 보여줬다.

"오늘은 여러분과 함께 종이 연극을 즐길 언니가 한 명 더 있어요. 누군지 아나요~?"

그렇게 말하며 다정한 선배가 아이들과 산포를 감싸 안듯이 두 손바닥을 펼쳤다. 그러자 활발한 아이들이 산포를 가리키며 입을 모아 대답했다. "산포~!" 쭈뼛쭈뼛 손을 살짝 든 산포를, 다정한 선배가 이번에는 손바닥으로 가리키며 "맞아요, 오늘은 거기 있는 산포 언니도 같이 들으니까 사이좋게 지내야 해요~" 하고 소개해주었다. 부디 적이라고 생각하지 말고 사이좋게 지내줘, 아이들을 천적이라고 불렀던 자신은 모르는 척하고, 산포는 간절히 바라며 주위에 손을 흔들었다. 마주 손을 흔들어줘서 이를 어쩌면 좋나 고민하는 산포.

이래서야 지금부터 시작할 주지육림, 아니 의미가 다르지, 아수라장을 극복할 수 있을까. 산포는 공포와 긴장과 다리 저림을 벌써 느끼며 다정한 선배가 종이 연극을 넘기는 모습을 지켜보았다.

그리고 아무 일도 벌어지지 않았다.

당연히 아이들이 대판 싸우기 시작해서 모두를 끌어들인 대혼란으로 발전해 산포가 허둥지둥 아이들을 달래려고 하다가 펀치 한 방쯤 얻어맞는데, 다정한 선배가 위엄 넘치는 한마디로 그 자리를 진정시키고 산포는 그 말에 감동한다. 대충 이런 전개를 상상했는데, 없었다. 자신이 아무 도움도 안 되는 미래를 상상해서 괜찮나 싶지만, 상상했으니까 어쩔 수 없다. 또한 상상이 빗나가서 아무 일도 벌어지지 않은 것도 벌어지지 않았으니까 어쩔 수 없다. 딱 한 번, 산포 무릎 위에 앉은 여자아이에게 남자아이가 와서 자리를 양보하라는 요구를 해서 마침내 결전의 불씨가 왔다고 생각했는데, 여자아이가 산포의 한쪽 무릎을 양보해서 별일 없이 끝났다. 산포의 다리는 완전히 당해버려서 일어날 수조차 없게 됐지만, 그쯤이야 뭐.

종이 연극은 이미 절정을 맞이해서 〈잭과 콩나무〉는 얼마 지나지 않아 막을 내렸다. 도중에 재잘거리기 시작한 아이들을 타이를 때도, 경고하는 것이 아니라 대화에 끼어들면서 이야기를 연극으로 유도해가는 멋진 기술을 보여줘서, 산포도 무심코 이런 이야기였었나 생각하며 다정한 선배의 목소리를 귀담아들었다.

"아주아주 행복하게 살았답니다."

그 말이 연극뿐 아니라 이 자리, 이 시간 전체에 쓰인 것처럼 들려서 산포는 그제야 안심하는 한편 솔직히 맥이 풀렸고, 나아가 선배는 분명히 어떤 아이디어나 발상의 전환점을 얻으라고 데려와줬을 텐데 손안에 아무것도 남지 않아 오싹함을 느꼈다.

산포의 심정을 당연히 알 리 없는 무릎에 앉았던 여자아이가 이쪽을 돌아보고 "재미있었지" 하고 웃지도 않고 말을 걸었다. 아이가 어떤 감정일지 짐작이 안 가는 산포가 미소를 지으며 "재밌었어" 하고 대답하자, 아이는 아무 말 없이 무릎에서 내려가 뒤쪽 색색의 의자에 앉아 기다리던 엄마에게 가버렸다. 무심코 눈으로 좇다가 엄마와 시선이 마주쳐 어른들끼리 인사를 나누었다. "고맙다고 말했어?" 엄마가 묻자, 여자아이가 "응" 하고 대답하는 소리가 들렸다. 그런 말은 안 했지만 지금 그걸로 전해졌으니까 괜찮아.

곧 남자아이도 무릎에서 일어났다. 남자아이는 별다른 말이 없었는데, 중간부터 남자아이의 목적은 무릎이 아니라 아까 그 여자아이인 줄 산포는 알아차렸다. 한마디 충고해준다면, 마음 있는 여자아이에게만 친절하게 구는 녀석은 관심을 못 받는다인데, 그런 말을 산포가 할 수 있을 리 없으니 묵묵히 남자아이의 뒷모습을 배웅했다.

아이들은 전환이 빨라서, 종이 연극이 끝나자 아직 이야기 샤워가 부족했는지 서가에서 새로운 동화책을 꺼내는 아이, 엄마에게 달려가 얼른 집에 가자고 조르는 아이, 다정한 선배에게 가서 다음엔 언제 올지 묻는 아이로 나뉘었다. 움직이지 못하는 사람은 산포뿐. 부탁이니까 옆을 지나면서 은근슬쩍 다리를 건드리지는 말아주렴…….

아이들을 상대하던 다정한 선배와 시선이 마주쳤다. 다리가 저린 산포를 배려하는지, 선배가 입만 뻐끔거려 "괜찮아"라고 속삭이고 다시 아이들과 대화를 나눴다. 뭐가 괜찮은지는 몰라도 산포는 우선 천천히 다리를 뻗으려고 했는데, 가까이 있던 여자아이가 "왜 그래?" 하고 다리를 건드리는 바람에 끄악, 내지르려던 비명을 간신히 참았다. 어쩌면 비명 에너지가 얼굴에 드러났는지도 모르겠다, 질문의 대답도 듣지 않고 여자아이는 후다닥 가버렸다.

이윽고 아이들이 한 명 또 한 명 사라지고, 아직 남아서 책을 읽으려는 아이들을 지켜보며 다정한 선배가 종이 연극을 정리하기 시작했다. 산포는 아직 움직이지 못한다.

저린 다리가 진정됐을 때는 이미 정리가 끝난 뒤여서, 새삼스럽게 오늘 아무 의미도 없는 존재였다는 사실에 현기증을 느꼈다. 그냥 갑자기 피가 돌아서 그랬을 뿐인지도 모르지만.

산포가 간신히 일어나 미안해하는 자세로 다정한 선배에게 다가가자, 선배는 여기 왔을 때와 마찬가지로 산포에게 종이 연극 다발을 건네고 생긋 웃었다.

"고마웠어."

"앗, 아니요, 아무것도."

아무것도 못 했는데요에 더해 아무것도 모르겠는걸요라는 의미가 있다. 그러나 아이들 앞에서 말할 내용은 아니라고 생각해 그만뒀다.

다정한 선배는 "우후훗" 웃고, 아이들 전용 공간 밖으로 산포를 유도해 카운터로 함께 귀환했다. 종이 연극 다발을 원래 있던 곳에 두고 도구를 정리한 뒤, 선배가 이름표와 앞치마를 벗었다.

"어, 아, 이, 이걸로 끝?"

무심코 스스럼없는 말이 산포의 입에서 나온 것도 당연하다. 어쩌면 있을지 모를 두 번째에 무언가 파악하면 된다는 가능성에 기대했었다. 산포의 머릿속에서 고등학생 시절, 수학 시간에 졸다가 선생님이 지적해서 풀이법을 몰라 질문하자, "한 번만 말하겠다고 했지?"라고 혼났던 기억이 생생하게 떠올랐다. 등에 땀이 흘렀다.

"응, 펀치 히터였고 평일이니까. 이걸로 끝."

구김살 없어 보이는, 어쨌든 그렇게 보이는 다정한 선배가 재촉해서 산포도 이름표와 앞치마를 벗었다. 이름표는 선배에게, 앞치마는 카운터의 직원에게.

왔을 때의 차림으로 돌아가 정말로 다음 기회가 없다는 걸 알자, 산포는 허둥댔다.

머리를 마구 굴렸다.

산포의 특기는 공부다. 그 특기가 생긴 까닭은, 집중하면 주변이 보이지 않는 성질 덕분이다.

그래서 둘이서 직원들과 인사를 나누는 동안에도, 이후 짐을 들고 도서관을 나오기까지 몇 초간도, 밖으로 나와 역을 향해 걸으며 선배에게 "고생했어"라는 분에 넘치는 말을 들을 때도, 산포는 건성으로 보였고 실제로 그랬다.

산포는 안간힘을 다해 생각했다. 오늘 선배에게 뭔가 배운 것이 없는지, 어떻게든 생각했다. 반복하고 또 반복해서 선배의 언동을 머릿속에서 재생하면서.

"왜 그래?"

"어, 아, 네."

마음이 콩밭에 간 것을 들켰으나 산포는 신경 쓸 정신이 없다.

아이들을 대하는 말투, 부드러운 손동작, 정중하고 느긋한 말투를 떠올렸다.

다정한 선배는 오늘 하루를 통해 도대체 무엇을 가르쳐주려고 했을까.

그리고 어느 순간 깨달았다.

뭔가, 어디서 본 듯한.

"그렇구나!"

산포의 갑작스러운 괴성에 항상 침착함을 유지하는 다정한 선배도 "왁!" 하고 펄쩍 뛰며 멈췄다. 상대가 무방비한 틈을 타 산포는 자신의 발견을 다급하게 선배에게 말했다.

"그렇구나, 지금까지 저는 아이들에게도 어른을 상대할 때처럼 대해야 한다고 생각했는데, 제 생각대로 반응해주지 않아서 아이들이 불편했어요. 그런데 그게 아니라, 나쁜 행동을 하는 사람을 오히려 아이들과 같다고 생각함으로써 관

대해진 마음으로, 좀 더 친절하고 이해하기 쉬운 말로 감정을 확실히 전달하라고, 그걸 가르쳐주려고 여기에 데려오신 거죠?"

"……아니, 아닌데요."

"……진짜요?"

칭찬받을 마음에 들떠서 말했는데.

선배가 쓴 존댓말에서 지금 대놓고 거부감을 느껴 거리를 둔 것을, 살면서 몇 번이나 그런 일을 겪었기에 알고 있는 산포는 충격을 받아 축 처졌다.

대조적으로 다정한 선배는 키득키득 웃었다.

"산포, 그렇게 어려운 생각을 했어? 나는 살면서 그런 생각은 해본 적도 없는데."

"아, 아니요, 저도 평소엔 안 그러는개굴."

버벅대다 못해 개구리가 됐다. 다정한 선배가 폭소했다.

"그래도 선배가 뭔가 가르쳐주려는 것 같아서 열심히 생각했어요. 오늘, 아무런 도움도 드리지 못해드려서."

이상한 문법이다. 선배가 놀란 표정이어서, 문법이 너무 이상해서 이해하지 못한 줄 알았는데 아니었다.

"아니야, 산포는 도움이 됐어. 평소에 없던 언니가 있어준 덕분에 다들 의욕이 넘쳐서 나도 하기 편했고, 남자아이들이 착하게 보이려고 난동을 부리지도 않았거든."

"그, 그런 건, 가요?"

"응, 그런 거야. 그리고 애초에 오늘은 산포랑 같이 놀고 싶어서 데려왔을 뿐이고, 낭독도 가끔은 후배의 후학에 도움이 될까 싶었을 뿐이야. 후후훗, 무릎에 앉아서 다리가 저려도 아이들을 배려해서 말 못 한 산포가 난 좋더라."

"말하면 좋았겠지만요."

그래도 말을 못 꺼내는 용기 부족을 그런 식으로 받아들여 주는 사람이 있다면 그것도 나름대로 좋은 것 같기도.

"말 못 하는 사람이 있어도 좋지."

……응?

"내가 말해버리는 사람이니까."

어라?

산포가 선배 말의 의미를 생각하는데, 선배가 "자아~" 하고 가볍게 손을 들었다.

"아무튼 나는 말해버리는 인간이고 야무진 어른이어서, 공짜로 일해주는 건 안 좋다고 생각합니다."

"오오오?"

다정한 선배는 건방진 얼굴로도 사악한 얼굴로도 치우치지 않은 차분한 표정으로, 자기 가방을 이리저리 뒤졌다.

"대타 뛰는 보수로 이런 걸 받았어, 패밀리레스토랑 주주우대권~."

"오오오, 어른이다……?"

어떤 의미인지는 잘 몰랐지만, 주주라는 단어에 반응해 대충 말해보았다.

"둘이서 가기 딱 좋은 금액이니까 산포, 괜찮다면 지금부터 케이크라도 먹으러 가자!"

"아닛, 그런 거였구나, 괘, 괜찮으세요?"

"물론이지! 감자튀김도 먹을 수 있어."

"감사히."

주지육림이구나! 이번에는 맞다. 아마도.

"지금부터가 진짜 데이트야."

아마도 각종 데이트를 수없이 경험했기에 불편해하지 않고 스스럼없이 그런 소리를 할 수 있을 다정한 선배의 입김이 나붓나붓 피어올랐다.

목소리와 숨결이 색깔로 보일 듯한 선배의 귀여움에 위장이 꼬르륵거려서 '생크림으로 데코레이션해서 먹어치워줄까!'라는 기분이 샘솟았으나, 인간의 도리로 속으로 삭였다.

말하면 틀림없이, 아무리 다정한 선배라도 기겁해서 다

정하게 대해주지 않겠지. 선배 말처럼 말 못 해서 잘 풀리는 일도 있다, 분명히.

"뭐, 산포는 말 안 해도 얼굴에 다 드러나니까 훤히 보이지만."

"엑."

"그래서 그 여자아이도 산포가 허둥거리는 걸 알고 용기를 주려고 무릎 위에 앉은 거 아닐까?"

아, 다행이다, 그 아이에게 걱정을 끼쳤다니 복잡한 기분이지만, 내면에 샘솟은 성욕을 노골적으로 들키지 않아서 다행이다, 진심으로 다행이다. 아, 아니야, 나는 생크림이 좋을 뿐이야! 무죄다! 이거 놔!

"그럼 다음에 고맙다고 말하러 갈게요."

"응, 또 가자."

다음 데이트 예정이 잡히다니 기뻐서, 산포는 그 마음을 제대로 된 말로 표현해 다정한 선배에게 전했다.

이후, 무서운 선배에게 "그 말, 어느 쪽 의미였어요?"라고 물었더니 "둘 다"라는 대답을 들은 것은 또 다른 이야기.

무기모토 산포는
네가 좋아

무기모토 산포도 사람을 좋아하게 된다. 누군가를 간절히 그리워해 마지않는 밤이 있다.

만나면 등에 땀이 흐르고 목소리가 떨리고 말도 평소보다 더 마구잡이로 버벅대기도 한다. 그 사람과 소매가 스치는 정도만으로도 크림이 빵빵하게 든 슈크림 생지를 몽땅 입에 욱여넣은 듯한 행복에 전율한다. 그런 일도 있다.

이러한 이야기를 산포가 열심히 털어놓는 데는 이유가 있다.

최근, 대학 시절에 유난히 친했던 남자 사람 친구가 산포가 사는 동네로 이사 왔다. 이유는 회사 근무처가 바뀌어서. 그 사실을 알았을 때, 산포는 언제든 만날 수 있는 거리에 친구가 늘어난 것을 아주 기뻐하며 동네에 온 환영 파티를 열고자 고깃집을 예약해달라고 요구했다. 해달라고 했다. 산포가 도착했을 때, 그는 이미 자리에 앉아 있었고 눈이 마주치자 평소처럼 유난히 기뻐 보이는 환한 미소로 맞아주었다. 메시지나 전화로는 대화를 나눴지만 실제로 만나는 것은 대략 일 년 만이었다. 산포도 들떠서 가까이 다가가 "이얏~" 하고 그에게 잽을 날렸다. 위험해, 누구누구 씨의 버릇이 옮았어.

산포가 몸에 배기 시작한 버릇에 공포를 느낀 것이야 어쨌든, 기본적으로는 평화로웠다. 맛있는 밥을 먹고 근황을 나누며 즐거운 시간이 흘렀다. 산포는 이대로 느긋한 시간이 지나가리라 확신까지 했다.

그러니 산포가 눈앞을 노려보며 자기 연애관을 떠들어대는 이 부끄러운 상황이 벌어진 책임은, 서로 무슨 말을 해도 좋다고 여기는 눈앞의 그에게 있다.

"연애하기 위한 뇌가 나한테 없다고? 하앙? 지난번에 좀 안 풀렸을 뿐이지 기본적으로 연애를 사랑하는 여자거든요."

산포의 시선을 받고 즐겁게 웃는 그. 이렇게 됐으니 전쟁을 피할 수 없다고 여겨 산포가 나무젓가락을 움켜쥐는데,

그가 "어쨌든" 하고 입을 열었다.

"그럼 편하게 산포를 놀자고 불러내도 된다는 거니까 잘 됐다."

그렇게 말하는 그를 보며 그건 그렇구나 싶어 산포는 움켜쥔 주먹을 풀었다. 애초에 애인이 있다고 해서 남자 사람 친구를 멀리하는 인간은 아니지만, 상대방은 조심하게 되는 면이 있을지도 모른다. 마음 편하게 놀 상대가 생겨서 산포는 기뻤다. 그나저나 이 녀석은 얻어맞을 뻔했네.

산포는 맥주를 입에 머금었다.

"아, 그렇지, 산포."

뭐야? 또 뭔가 마음에 안 드는 소리를 지껄이면 맥주를 독 안개 대신으로 뿜을 테다. 물로 연습한 적 있으니까 분명 가능할걸.

"수족관 좋아해? 얼마 전에 선배한테 티켓을 받았는데, 나 아직 이쪽에 친구가 없어서. 산포, 시간 있으면 갈래?"

꿀꺽.

"갈래!"

좋은 뉴스가 들어오면 분노나 불신은 금방 날아가는 단순한 산포. 다른 방도가 없어 제안하는 듯한 말투도 전혀 거슬리지 않았다.

그는 또 유난히 기뻐 보이는 표정을 지으며 가방에서 다이어리를 꺼냈다. 이어서 산포의 살아갈 희망이 된 다음 노는 약속을 잡기 시작했다.

하루 내내 둘 다 예정 없는 날을 맞춘 것은 고깃집부터 2주 후였다. 그동안 선배에게 혼나거나 선배에게 혼나거나 선배에게 위로를 받을 만큼 멍하게 굴었던 산포는, 자기 나름대로 우울해하면서도 그날을 진심으로 기대했다.

만나기로 한 장소는 산포의 집 근처 편의점. 그가 자동차를 끌고 오기로 했다. 어슬렁어슬렁 주차장에 도착한 산포는 그가 전자담배를 입에 물고 멀거니 서 있는 모습을 발견했다. 그래도 일단 이쪽을 보자마자 평소처럼 유난히 기뻐 보이는 미소를 짓고 손을 들어주었다. 산포가 손을 들고서 다가가는 사이, 그는 담배를 주머니에 넣었다. 계절은 벌써 완연한 여름인데 그는 빳빳한 긴소매 셔츠를 입었다. 뭐야 건방지게, 산포는 그렇게 생각하며 입술 끝을 히죽 올렸다.

가볍게 인사를 나누고, 근처에 세워둔 경자동차에 탔다. 일 때문에 필요해서 그가 중고로 샀다고 한다. 중고차니까 당연히 전 주인의 영혼이 스며들지 않았을지 산포는 걱정했는데, 조수석에 타자 새 차 같은 냄새가 났다. 에어컨도 켜서 쾌적했다.

"깨끗하게 쓴다."

"좁지만."

"애인은 안 태워?"

"타자마자 하는 소리가 그거냐."

그러면서 그가 즐겁게 웃었다. 그에게 한동안 애인이 없었던 것은 일전에 통화하면서 산포가 얻은 그를 놀리는 포인트다. 어제도 잔뜩 놀렸다. 한편 놀리면서도 깔끔하고 평범한 남자인 그에게 애인이 없다는 것은, 친한 친구여서 미처 못 보는 성격적인 큰 결함이 있어서일지도 모른다는 걱정도 들었다. 그러고 보니 운전하는 차에 처음 타보는데, 핸들을 쥐면 거칠어지는 사람 아니야? 괜찮을까?

그런 걱정은 당연히 무의미했다. 차에서 머문 30분은 무사하고 평온하게 흘러갔고, 도착했을 타이밍에 산포는 딱 공복감의 절정에 도달했다. 산포의 주장으로 밥을 먼저 먹기로 하고, 수족관에 병설된 쇼핑몰에서 가족 손님들 틈에 끼어 패밀리레스토랑에 들어갔다.

"맛있다."

카레라이스를 허겁지겁 먹으며 감상을 말하자, 그는 또 유난히 즐거워 보이는 표정을 지으며 자그마한 케이크를 먹었다. 그다지 배가 고프지 않은 모양인데 같이 점심을 먹게 해서 미안해졌다. 그러나 공복에는 저항할 수 없어서 산포는 최소한 곱빼기는 시키지 않는 의미 없는 배려를 했다.

“잘 챙겨 먹어야지.”

그는 웃으며 산포의 식욕을 걱정했다.

그의 미소를 정면으로 받은 산포는, 이 녀석 제법 거래처에서 이쁨을 받겠다고 생각했다. 그의 미소는 언제나 상대를 진심으로 생각하는 미소로 보인다.

산포가 카레를 다 먹을 때까지 지켜보고 있었는지, 그가 근처에 있던 점원을 불러 세워 산포 몫의 커피를 가져다 달라고 부탁했다. 점원이 빈 접시를 치워도 될지 확인해서, 산포는 카레 접시와 숟가락을 내밀었다. 그도 자기 앞의 접시를 치워달라고 했는데, 산포는 거기 아직 2할 정도 남은 케이크 조각을 놓치지 않고 보았다. 뭐 그렇다고 점원을 불러서 빼앗는 짓은 안 한다. 수치심쯤은 있다.

그러고 보니 고깃집에서도 내가 더 많이 먹었지, 산포는 마치 특별한 일처럼 생각했으나 대학 시절부터 그랬던 평범한 일상이다.

다이어트라도 해? 물었더니, 그는 난처한 걸 들켰다는 표정을 지었다.

“응, 8할 다이어트라고 해서, 좋아하는 음식을 뭐든 먹어도 되는데 반드시 2할은 남기는 다이어트를 해.”

뭐야 그 미친 다이어트법은? 산포는 생각했다. 아예 있고 없고의 다이어트라면 애초에 거기 없으니까 견딜 수 있을지도 모르나, 처음부터 100퍼센트를 즐기지 못함을 알면서 좋아하는 음식에 도전하고 그 20퍼센트를 떠나보내면서 자리를 뜬다니, 산포는 못 한다. 아, 그래도 좋아하는 음식은 좋아하는 음식이니까 80퍼센트밖에 못 먹는 상태를 부정해버리면, 그 자체에 대한 사랑도 배신하는 셈이 되지 않을까. 으으으음, 끙끙대며 산포가 내린 결론은 이랬다.

“다음부터는 미리 남길 2할을 주라.”

그야말로 아무도 슬퍼하지 않을 굿 아이디어라고 생각했는데, 그는 크게 웃었다. 비웃는 것 같아서 조금 발끈했으나, 그런 감정은 “산포다워서 좋다”라는 그의 한마디로 어디론가 사라졌다. 확실히 자기답다. 그런 점을 친구가 이해해주고, 좋다고 생각해준다면야 더할 나위 없는 칭찬이라고 산포는 생각했다.

커피를 다 마시고 자리에서 일어나, 두 사람은 오늘 목적인 수족관으로 갔다. 휴일이어서 거기까지 가는 쇼핑몰은 아이들이 떠드는 소리로 가득했다.

수족관에 도착해 안으로 들어가자, 접수처에는 그럭저럭 행렬이. 미리 화장실에 다녀와도 될지 그에게 묻고 당연히 안 된다고 할 리 없으니 다녀오자, 그는 벌써 접수처에서 예매 티켓을 입장권으로 교환한 뒤였다. 화장실에 다녀오길 잘했다고 산포는 생각했다.

수족관 안도 당연히 붐볐다. 가족에 커플에 단체 손님이 각각이 수조 앞에 멈추느라 정체가 생겨서, 산포와 그도 줄을 서서 순서대로 눈앞에 나타난 수조 안 생물을 보고 다음 사람에게 방해되지 않도록 몸을 피했다. 산포는 꼭 호텔 조식 뷔페 같다고 생각했다.

"기계 위로 흘러가는 제품 같다."

그의 상상은 달랐다. 공장 벨트 컨베이어 위를 지나는 자신들을 상상한 산포는 맞는 말이다 싶어 펭귄을 향해 세 번 고개를 끄덕였다. 그 모습을 보고 그가 또 웃었다.

한동안 흐름에 몸을 맡기고 나아가자 널찍한 통로가 나왔고, 다양한 물고기들이 공생하는 원통형 대형 수조가 모습을 드러냈다.

"후아." 산포가 나직하게 감탄하는 소리를 냈다. 평소에는 볼 수 없는 생태계를 인간이 기술력을 이용해 여기에 가뒀다. 이렇게 수족관에서 직접 보거나, 텔레비전에서 이런 수

조를 볼 때면 산포는 늘 이 지구라는 별도 누군가가 인간들을 가둬둔 수조에 불과해서 어디선가 끝없이 관찰당하고 있을지도 모른다고 상상한다. 상상 끝에는 자신의 실패도 생판 모르는 누군가가 항상 지켜볼 가능성이 있겠구나 싶어 조금 부끄러워진다. 동시에 어쩌면 낯선 누군가가 노력하는 자신을 보고 마음에 들어 할지도 모른다고, 희망 비슷한 감정을 품는다.

멍하니, 마치 세계 그 자체를 바라보는 기분으로 한동안 입을 다물고 있던 산포는 퍼뜩 정신을 차리고 옆을 보았다. 그가 수조가 아니라 이쪽을 보고 있었다.

뭐, 뭡니까. 당황하는데, 그가 또 평소의 미소를 지었다.

"미안, 미안. 그게 산포, 처음 만났을 때부터 진짜 안 변했다 싶어서."

"엥, 디스야?"

"아니야."

그럼 뭔데. 안 변했다니. 무슨 의미인데.

그가 한 말의 의미를 파헤치려고, 산포는 그와 만났을 때를 어렵지 않게 떠올렸다.

대학교 1학년 때였다. 듣던 강의도 하던 아르바이트도 또 사실은 나이도 달랐던 그와 산포는 대학 식당 앞에서 만났다. 식당 안이 아니라 식당 앞. 아직 대학 식당에 어떤 메뉴가 있는지 전부 파악하지 못했던 산포는 앞으로 대학 생활을 더욱더 행복하게 만들기 위해서 식당 앞에 놓인 거대한 메뉴판을 심각하게 바라보고 있었다. 그때 그 집중력이란, 아마도 산포가 이후 4년간 치른 그 어떤 시험에서도 발휘하지 못한 것이리라. 잠시 후 정신을 차리고 기지개를 켜려고 뻗은 오른팔이 옆을 지나던 그의 옆구리에 화려하게 꽂혔다. 산포는 생각했다, 내가 한 짓이지만 기막힌 만남이야.

그때는 무릎 꿇고 조아리며 사죄했는데, 이후 그와 캠퍼스에서 우연히 마주칠 때마다 겸연쩍게 인사를 했더니 얼마 지나지 않아 그가 먼저 말을 걸었다. "별로 화 안 났어요." 그 후, 이런저런 대화를 나누다가 친구가 됐다. 말로 표현하지 못할 이런저런이라는 부분을 거치는 것이 사람과 사람이 친구가 되는 불가결한 요소일지도 모르겠소이다, 산포는 알 수 없는 사극풍 대사를 머릿속으로 떠올린다.

대형 수조 옆을 지나, 산포는 생각에 잠긴 채 그의 앞을 걸었다. 안 변했나? 아니, 변한 것 같다. 사람은 변한다. 그와 만나고 고작 5년이나 6년밖에 안 지났지만 그래도 자신은 변했다. 나이는 말할 것도 없고, 그때는 몰랐던 다양한 것이 순환하듯이 조금씩 내면으로 흘러 들어오고 또 나가면서 인격을 바꾼다. 외모도, 그때보다는 화장할 필요성이 늘어 조금은 자신을 객관적으로 볼 수 있어졌다. 그러나 변했다는 생각은 전부 산포의 주관이다.

외부에서 보기에는 안 변한 것처럼 보이려나. 아니면 그는 생명이나 영혼 이야기를 하는 걸까. 그렇게 영적인 사람이었나.

심해어 전시실로 걸어가며 산포는 그를 힐끔 보았다. 또 이쪽을 보고 있다. 저 녀석이 대체 왜 저런담, 의아해하며 산포는 자신을 안 변했다고 말한 그야말로 어떨지 생각했다.

변했다고 생각한다. 그는 변했다. 먼저 차를 운전하는 모습을 처음 봤다. 그리고 예전보다 살이 빠졌다. 본인의 가치관이니까 굳이 말하지 않았는데, 그는 다이어트할 필요가 없을 정도로 그 시절보다 살이 빠졌다. 내면은 어떨까. 변한 자신과 그때와 다르지 않은 분위기로 접하고 있으니까 그 역시 변한 것 같다고 생각한다. 복잡하게 생각하던 중, 산포는 자기 머릿속에서 띵동 소리가 나는 것을 느꼈다.

"뭐, 어느 쪽이든 좋지요."

자기 색을 바꿔 의태하는 작은 문어를 보며 말했더니, 그가 어리둥절한 듯 고개를 갸웃거려서 "변했든 변하지 않았든"이라고 덧붙이자, 그는 이해했는지 "산포는 그렇지"라고 대답했다. 산포는, 이라고 그가 덧붙인 말이 몹시 신경 쓰였으나 물어볼 기회는 아쉽게도 없었다.

그 후, 두 사람은 사이좋게 수족관을 즐겼다. 산포가 가장 좋아하는 수생생물인 거미게 수조 앞에서는, 산포가 신나게 다가가서 멍청한 표정으로 게를 황홀하게 쳐다보자 수조 건너편에 있던 초등학생들이 표정을 흉내 내며 낄낄거렸다. 주말을 누리는 아이들에게 괜한 엔터테인먼트를 제공하다니, 산포는 부끄러웠다.

돌고래쇼 이벤트장에서는 둘이 나란히 앉아 감자튀김을 먹으며 돌고래들의 화려한 움직임에 마음을 빼앗겼고, 쇼에 즉흥으로 참여해 분발하는 아이들에게 박수를 보냈다. 도중, "돌고래들의 노동 시간은 얼마나 될까, 적합한 보수를 받을까?"라는 불필요한 소리를 하며 그를 봤는데, 그도 마침 산포 쪽을 보고 있었는지, 눈이 마주치는 바람에 놀란 산포는 들고 있던 감자튀김을 그의 손목시계 위에 떨어뜨렸다. 그래도 산포의 그런 면을 잘 아는 그는 화를 내지도 않고, 산포가 감자튀김을 집는 모습을 지켜봐주었다.

순수하게, 정말로 솔직하게 산포는 즐거웠다. 이런 날이 있다니 기쁘다. 그도 분명 그렇게 생각할 것이다.

둔감한 산포는, 그의 미소 깊은 곳, 마음속에 깃든 것을 전혀 깨닫지 못하고 그렇게 생각했다.

그러니 놀라는 것도 무리는 아니다.

돌고래쇼가 끝난 뒤, 두 사람은 수많은 관객이 이동할 때까지 그 자리에서 잠깐 기다렸다.

산포가 감자튀김과 같이 산 페트병 차를 손안에서 빙글빙글 돌리는데, 그가 "산포" 하고 차분하게 이름을 불렀다.

"고마워, 오늘 같이 와줘서."

"어, 응? 뭐가?"

티켓이 생겨서 가자고 해준 사람은 그였다. 왜 고맙다는 건지 산포는 전혀 이해가 안 가서 설명을 기다렸는데 그가 웃었고, 그러나 그 미소가 지금까지 봤던 미소와 달라 보여서 산포는 도대체 무슨 일이냐는 의문을 미묘하게 입술 각도를 올린 표정에 담았다.

그의 미소는 친구와 같이 있어서 즐거운 미소와는 전혀 달라 보였다.

"있잖아."

"예이."

"그게, 갑자기 이런 말을 하다니 내가 생각해도 좀 그런데."

"뭔데, 무섭잖아."

솔직하게 반응한 산포에게 그는 웃어주지 않았다.

"저번에 만났을 때부터."

어, 뭡니까.

"아니, 사실은 그 전부터 계속."

뭐야, 뭔데.

"언젠가 말해야 한다고 생각했어."

그가 뭔가 중요한 이야기를 하려고 한다.

갑작스러운 전개, 그의 진지한 표정에 산포는 눈을 깜박였다.

"산포에게 꼭 해야 할 말이 있어."

"……."

눈을 감은 채, 산포는 생각했다.

어, 고백?

나 혹시 고백받는 거야? 오랫동안 친구 사이였는데 사실은 몰랐을 뿐이지 한 사람은 점점 마음이 깊어졌다는 패턴? 아니, 나는 그런 타입이 아닌데? 알면 알수록 사귀는 건 말도 안 된다는 소리를 듣는 타입입니다만? 아니 그야 진지하게 말해준다면 나도 검토하겠지만 애석하게도 친구로 지낸 기간이 너무 길지 않나.

이렇게, 이때 산포는 드물게도 잘 돌아가는 머리로 제멋대로 무례한 생각을 펼치고 있었는데, 이 시점에서는 그의 이어지는 말을 들을 수 없었다.

바로 옆에서 어른이 고함치는 소리가 나서 그의 목소리를 지워버렸기 때문이다.

갑자기 들린 큰 소리에 산포는 움찔 몸을 떨었다. 놀라서 얼른 소리가 들려온 쪽을 보니, 어른에게 혼나 남자아이가 울고 있었다.

놀라라, 그런데 상황을 잘 살펴보니, 아이가 뛰어다니다가 유모차에 부딪히는 바람에 제대로 된 어른이 훈계하는 당연한 장면임을 알 수 있었다. 산포라도 고개를 끄덕일 장면이었다. 그래서 이해하고 안심했다.

그러나 직후, 누군가가 갑작스럽게 팔을 붙잡아서 조금 전보다 더 큰 경악이 돌아왔다.

"히익."

반사적으로 소리를 내며 팔을 보았다. 피하지방 가득해 맛있어 보이는 팔을 붙잡은 손끝을 보고, 긴장이 풀리는 동시에 의문이 샘솟는 것을 느꼈다.

"왜, 왜 그래?"

산포의 팔을 붙잡은 사람은, 조금 전까지 복잡한 미소를 짓고 있던 그였다. 그래서 안심했고 의아했다.

산포가 물어도 그는 눈을 부릅뜬 채, 소리가 난 쪽을 바라보며 마치 산포의 목소리가 들리지 않는 것처럼 반응하지 않았다. 팔을 붙잡은 힘이 점점 더 강해져서, 아픔이 서서히 팔에서 뇌로 전해졌다.

그의 이 반응 없는 반응에 단순한 일이 아닌 것을 알아차렸다. 아무리 산포라도 알았다.

그제야 산포는 우선 자신의 존재를 깨닫게 해 팔을 놓아달라고 해야겠다고 생각했다. 그러지 않으면 조만간 팔이 분질러질지도 모른다. 해결책을 써야 한다.

크게 비명을 지르거나 큰 소리를 내면 주변 사람들까지 끌어들여 난리가 날지도 모르고, 그런 일은 뭐가 뭔진 몰라도 어떤 문제를 안은 그가 바라지 않을 것 같았다.

소리는 작게, 시시덕거리는 친구 사이로 보이면서도 그를 제대로 정신 차리게 할 공격.

좋아, 그거다.

받아랏!

"으랏차!"

산포가 그의 머리에 있는 힘껏 잽을 먹이자, 제대로 된 위력이 팔에 깃들었나 보다. "으악!" 그가 비명을 지르며 고개를 푹 숙이고, 산포의 팔을 붙잡은 손을 놔주었다. 평소 산포가 당하는 것의 일고여덟 배 정도의 위력(산포의 과장)은 됐을 테니 지나치게 과한 잽이었지만, 효과는 있었나 보다.

산포는 팔에서 아픔이 사라져서 일단 안심했다. 살펴보니, 손톱을 세웠는지 상처가 또렷하게 남았다. 화가 나진 않았지만 당혹스러웠다.

"괘, 괜찮아?"

물어보니 그는 천천히 산포의 눈, 이어서 팔을 보고 간신히 자기 행동을 깨달았는지 얼굴을 찌푸렸다. 산포는 그가 지금부터 무슨 말을 하려는지 짐작하고 선수를 쳤다.

"사과 안 해도 돼."

"미, 미안해……."

"무시하냐! 아니, 됐고 일단 나갈까?"

끄덕이는 그에게 일어설 수 있는지 묻자, 그는 다시금 고개를 끄덕이고 산포에게 손을 붙잡혀 일어났다.

다행히 돌고래쇼 이벤트장은 수족관 마지막 구역이어서 이후에 있는 루트를 생략하면 금방 밖으로 나올 수 있었다. 이번에는 산포가 그의 팔을 붙잡고, 정확히는 손을 대고 함께 걸었다. 그러는 도중, 그는 필요 없다고 말했는데도 계속 사과를 반복했다. 그에 대해 산포는 계속 "괜찮아"라는 대답을 반복했다.

밖으로 나와 인적이 드문 주차장 옆 공원으로 함께 이동했다. 그를 지붕 달린 벤치에 앉히고, 물을 사러 돌진해 다녀와 그에게 건네자 그는 또 사과했다.

"이제 됐어, 진정할 때까지 말하지 마."

레인저 부대의 대장이라도 된 듯이 강한 어조로 말하자, 그는 그제야 물을 마시고 차분하게 심호흡을 했다. 산포도 그의 옆에 앉았다.

그리고 기다렸다. 언제까지나 기다릴 생각이었다. 급전개의 연속이어서 자기 마음을 진정시킬 시간도 필요했다.

이윽고 그가 산포의 이름을 불렀다.

"산포."

"응."

"미안해."

사과 안 해도 된다고 했는데 이 녀석이 또. 한 번 더 잔소리를 퍼부을까 생각한 산포를, 이어지는 그의 말이 꿰뚫었다.

"거짓말했어."

"어?"

"미안해."

이야기의 흐름도 그가 하는 말의 의미도 산포는 이해하지 못했다.

"무슨 말이야?"

당연한 질문에 그는 산포를 보지 않고 대답했다.

"너한테 거짓말을 했어."

무슨 얘기일까, 산포는 의아했다. 그래서 일단 "뭐를?" 하고 물었다.

그러나 그는 대답하지 않았다. 아무것도. 아무것도.

이쪽에서 물어봤으니 다른 말을 이어가기가 좀 그래서 산포도 그대로 침묵했다. 그는 정면을 바라보고, 산포가 그를 바라보는 관계가 한동안 이어졌다.

그가 말해주기를 언제까지나 기다렸어도 좋았을 것이다. 그러나 기다린다는 행위와 상태가 산포에게는 협박처럼 느껴졌다.

인내하라, 상대도 인내하게끔 하라, 그것도 용기였을지 모르나 그런 점에서 산포는 겁쟁이였다.

"말하기 싫으면 안 해도 돼."

산포가 말해주지 않으면 말을 꺼내지 못하는 그 또한 겁쟁이였다.

"……아니야."

산포는 침을 삼켰다.

"말해야 한다고 생각했어, 줄곧."

그 말을 듣고서야 산포는 그가 아까 하던 이야기를 이어 가려 한다는 것을 깨달았다. 물론 사랑 고백 같은 화제가 아닌 것쯤은 그의 표정에서 알아차렸다. 아무리 산포라도 알아차렸다.

그가 마침내 가르쳐주었다.

산포와 만나지 않았던 지난 일 년간의 일이었다.

사회인이 되어 인간관계로 큰 상처를 받은 것. 어린 시절의 트라우마나 가족과의 관계. 사람이 호통치는 목소리를 들으면 공황에 빠지게 됐다는 것.

그리고.

"죽으려고 했어."

산포가 갑자기 전부 다 이해하기에는 다소 무리가 있는 비밀을 그가 마침내 털어놓았다.

산포는 이렇게 갑자기 무슨 소리를 하나 싶었으나, 다른 사람의 감정을 듣는 쪽은 언제든 갑자기인 게 당연하다.

그가 회사 사정상 산포가 사는 동네로 이사했다는 것도 거짓말이었다.

"죽으려고 했어. 그리고 실패했지."

정말 다행이다, 이미 지난 일이지만 산포는 가슴을 쓸어 내렸다.

"한 번 더, 이번에는 확실한 방법으로 해야겠다고 생각했는데 문득 산포가 생각났어. 마지막으로 한 번 만나고 싶어서, 그래서 연락했어. 걱정 끼치기 싫어서 거짓말을 했어. 그런데 거짓말하는 게, 그게 뭐랄까, 너한테 거짓말을 하는 건 정말이지, 널 끌어들여서 미안해."

문장을 이루지 못하는 그의 말. 그래도 전해졌다.

이럴 때 무슨 말을 하면 되는지 금방 아는 인간이 어딘가에는 있을까. 산포는 모르겠다.

산포는 적어도 그가 한 말을 순서대로 이해하기로 했다.

왜 미처 알아차리지 못했을까, 같은 생각을 산포는 안 했다.

오늘도 지난번에도 그리고 지난 일 년 동안에도, 메시지와 전화로 연락을 주고받았을 때도 그는 전혀 그런 티를 내지 않았다, 그러니 알 턱이 있나. 애초에 생각도 안 한다, 친구가 죽으려고 한다는 것을.

그저 그가 들키지 않으려고 했던 것에 심장이 조여들었다.

웃으며 대해줬던 것에 뇌가 흔들렸다.

지금까지 몇 번이나 털어놓고 싶은 순간이, 위로해주길 바라는 순간이 있었을까. 그 전부를 삼키고 오늘까지 견뎌왔을 친구를 생각하면 배가 아팠다.

그도 뭐라고 말해야 좋을지 몰랐으리라, 아무 말도 없었다.

산포는 그와 같은 상황인 사람에게 해줘야 할 말을 상상할 수 있었다. 그러나 그건 분명 산포가 살아오면서 이런 상황에서 해야 할 말이라고 지식으로서 남은 말이지, 괴로워했던 친구에게 진심을 담아 이야기해줄 자기 자신의 말은 아니었다. 그래서 말하지 않았다.

갑자기 세계가 불필요하게 넓게 느껴졌다. 불안함이 밀어닥쳤다. 까마귀 우는 소리가 들렸다.

그는 여전히 아무 말도 없었다.

그래서 산포는 자기 마음을 형태로 뭉칠 충분한 시간을 얻었다.

자기 마음을 그에게 표현할 말을 다소 서툴러도 붙잡을 수 있었다.

산포는 이 넓은 세계에서 그에게만 도달하도록, 어디로도 목소리가 도망치지 않도록 가만히 입술을 벌렸다.

"있잖아."

반응하지 않는 그를 기다리지 않고 산포는 말을 이었다.

"죽어도 괜찮아."

마음속을, 오로지 소중한 친구를 생각하는 매우 좁은 세계로 만들었다.

"네가 얼마나 괴로운지 나는 몰라. 그러니까 만약에 정말로 모든 걸 견디기 어렵다고 생각한다면, 죽어도 괜찮아. 말릴 수 없지. 죽으면 안 된다느니 뭐니, 네 괴로움을 모르는 내가 정할 수 없어. 네 인생이니까."

솔직함을 미덕이라 여기는 산포는 어디에도 없다. 어린이에서 어른으로 성장하는 과정에서 어느새 사라졌다. 산포는 추악해도 좋다고 생각하며 그에게 솔직히 말했다.

"어떻게 변해도 괜찮아. 네가 아무리 엉망진창이 되더라도 아무것도 안 되더라도 네가 죽더라도, 적어도 너를 여전히 좋아하는 내가 있으니까. 안심하고 살아줘."

그가 페트병을 세게 움켜쥐는 소리가 났다.

"그런 느낌이야."

좀 더 그럴싸한 말로 정리할 수 있다면. 좀 더 그럴싸하게 그의 마음을 긍정적으로 되돌릴 말을 건넬 수 있다면. 그러나 아무리 고민해도 이게 산포다.

그 후로는 특별히 의미 있는 대화를 나누지도 않고 시간이 흘러갔다. 어느 타이밍에 그가 문득 생각났다는 듯이 "집에 갈까?"라고 말했다. 산포도 반대하지 않았다. 상태가 괜찮아진 것 같은 그가 차에 탄 뒤에 산포도 조수석에 탔고, 그가 집 앞까지 바래다주었다.

마지막에 집 앞에서 그가 해준 고맙다는 말이 지금까지, 라는 의미면 어떡하나 걱정했으나, 산포는 굳이 말하지 않았다.

혼자가 된 산포는 평소와 같은 시간을 보내고, 밤에 이불 속에 누워 아무에게도 들키지 않게 울었다.

그는 회사를 그만뒀다.

한동안은 먼 도시에 사는 조부모님 댁에 머물겠다고 한다.

산포는 오늘도 도서관에서 일한다. 혼나면서 상처를 받으면서, 그래도 건강하게 일한다. 언젠가 그의 심정을 이해할 날이 올지도 모른다. 그러나 그 심정을 상상하며 살아가는 것은 산포에게는 어렵다. 지금은 자신 내면에 있는 좁은 세계를 열심히 살아가기로 했다. 그것 말고는 할 수 있는 게 없다.

그도 넓은 세계는 한동안 생각하지 말고 자기 자신을 위해서 살기를 바랐다.

시간이 지나 그에게 근황 보고와 사과 메시지가 왔을 때, 산포는 딱 한 문장만 메시지를 보냈다.

다음에는 2할을 나한테 줘야 해.

무기모토 산포는
부르봉이 좋아

무기모토 산포는 기본적으로 열량 과다한 생활을 한다. 그러니 당연히 지방이 그럭저럭 붙었다고 본인도 생각하는데, 입으면 말라 보이는 체질인지 신진대사가 좋은지 원래 그런 인간인지, 이동을 도보로 하는 것 이외에 운동이라곤 스트레칭 정도만 하는데도 살이 쪄 보이지 않는다. 다만 그게 꼭 좋다고는 할 수 없어서, 여성 선배들에게 "산포는 먹어도 살이 안 쪄서 좋겠다"라는 뭐라 대답하기 어려운 말을 들어 허둥거리는 일이 종종 있다.

대학이 여름방학에 들어가 완전 휴교일이어서 그에 맞춰 도서관도 문을 닫은 날 저녁, 오늘도 산포는 열량을 과다 섭

취하려고 집에서 도보로 40분 걸리는 슈퍼에 와 있었다. 조금 멀지만, 천장이 높은 점이 마음에 든다. 멀면 자전거를 타면 되잖아? 이런 의견도 친구들에게서 드문드문 듣는데, 일찍 도착하는 것만이 장땡은 아니다. 사실 자전거와는 조금 안 친하다.

자동문이 열리고 슈퍼 장바구니를 들자마자 산포가 향한 곳은 과자 코너다. 그렇다, 숨길 것 없이 오늘은 집의 과자 박스 내용물을 보충하려고 왔다. 색색의 과자 봉지에 좌우로 끼이면 산포는 이루 말할 수 없이 행복해진다. 설탕, 기름, 설탕, 기름, 듣기에는 나빠도 맛있는 것이 몸에 나쁠 리가 없다.

오늘 밤도 작정하고 열량 과다가 되려고, 산포는 몸을 굽혀 곧바로 눈에 들어온 사랑하는 과자 바움롤을 쥐었다. 화이트 크림과 작은 롤케이크를 합체시킨 금지된 흑마술 같은 흉악한 맛을 상상하니 산포는 이미 녹아웃 직전. 입에 들어가는 순간을 상상만 해도 쓰러진다.

그럼 그럼, 단것을 사려면 짠 것도 사야 지당하시와요, 무슨 연유에선지 아가씨 같은 말투로 생각하면서 일어나는데, 과자 코너 옆을 막 지나치려는 여성이 눈에 들어왔다.

"으악."

말을 안 하면 좋았을 것을. 입 밖으로 나와버렸으니, 상대 여성은 산포를 깨닫고 눈썹을 꿈틀거렸다.

"어이, 산포. 아니, 으악이 뭐냐."

"제, 아니, 죄송해예."

고쳐 말했는데 다른 데에서 버벅댔다.

산포의 등을 타고 땀이 흘렀다. 지금은 입 밖으로 내지 않지만, 산포의 머릿속은 으악이나 실화냐나 말도 안 돼로 가득했다. 딱히 상대를 무시해서 나오는 표현은 아니다. 예를 들자면 그래, 초등학생 시절 하교하는 도중 무서운 개가 있었을 때 무심코 마음속에 떠오르는 목소리와 비슷하다. 그게 바로 무시하는 거라고 한다면 산포는 반론의 여지가 없다. 사실 혼날 때면 산포는 '앞으로 주의해드리지요~ 흥' 하고 속으로 혀를 비쭉 내밀곤 한다.

그건 그렇고 기본적으로는 산포의 천적인 도서관의 무서운 선배는 장바구니를 한 손에 들고 부리나케 다가왔다.

"아, 안녕하세요. 오늘 참으로 날이 화창하여."

"뭘 그렇게 공손하게 굴어, 산포는 이 근처 아니잖아?"

사는 동네 얘기라는 걸 당연히 알아듣고, 산포는 왜 자기가 사는 맨션에서 도보로 40분인 이곳에 와 있는지 설명했다.

"높아서."

"가격이 높다고? 그럼 왜 와?"

"천장이."

"뭔 도치법이 그래. 그건 또 무슨 이유고."

일일이 대꾸해주는, 후배를 사랑하는 무서운 선배에게 에헤헤 하고 평범한 웃음과 애교 떠는 웃음의 딱 중간 지점의 웃음을 반복했다. 눈을 어디에 둬야 할지 몰라 선배의 바구니를 힐끔 봤는데, 흰살생선 두 토막이 들어 있었다.

"생선조림……."

머릿속에 상상한 것을 불쑥 말해버렸다. 후회해도 그때는 이미 목소리도 의미도 상대에게 전해진 뒤다.

"아, 가자미 말이지. 넌 또 몸에 나쁜 것만."

"살아가기 위해 몸에 좋은 것은 맛있게 느낄 것이라는 이론."

"그럴 리 있냐."

딱 잘라 부정당하면 산포는 반론의 여지가 없다. 애당초 말도 안 되는 소리라는 걸 이쪽도 알고 하는 거니까 정론 같은 지극히 무의미한 말은 하지 말아주길 바란다.

"그렇지, 생선조림을 만들 생각이었는데 오늘은 이렇게 많이 필요 없는 걸 깜박해서 돌려놓고 와야 해. 산포, 쓸래?"

"으음."

산포는 잠깐 고민하다가 자신은 생선조림을 못 만든다는 것을 떠올리고, 고개를 옆으로 도리도리 저었다.

"아, 그게, 먹고 싶은 마음은 굴뚝인데요, 조림 테크놀로지가 없어서."

"어? 냄비도 없어?"

"아니, 저한테 없어서."

"그럼 테크닉이지. 로봇이냐."

역시 일일이 대꾸해주는, 후배를 사랑하는 무서운 선배는 자기 바구니에 담긴 가자미를 들고 빤히 쳐다보더니 갑자기 좋은 생각이 났다는 듯이 눈꺼풀을 조금 크게 떴다.

"산포, 생선조림 먹을래?"

"아니요, 이런저런 이유로 만들지 못해서."

"응, 그러니까 내가 만든 거."

"헤?"

그건 무슨 소리.

"우리 집, 여기서 금방이야. 바로 저 앞. 가자미조림 만들테니까 먹고 갈래?"

이것은 다정함인가 길들임인가. 어느 쪽인지 몰라도 산포는 박치기라도 할 기세로 선배를 향해 고개를 열심히 끄덕였다.

"머, 먹고 갈게욧!"

 이것저것 따져보고, 당연히 선배의 무서움과 자신의 낯가림과도 상담했으나 산포의 머릿속에서 그런 생각은 전부 식욕이라는 불도저에 일소됐다.

가게 음식도 직접 한 음식도 맛있지만, 남이 손수 만든 요리는 또 색다른 장르의 요리다. 선택받은 자만이 먹을 수 있도록 허락된 장르인 손수 만든 요리를 혼자 사는 산포가 평소 맛볼 일은 드물다. 이 귀중한 기회를 허망하게 놓칠 손은 산포의 오른쪽에도 왼쪽에도 없었다.

"그럼 메뉴 하나쯤 더 만들어야겠다. 산포, 뭐 먹고 싶은 거 있어?"

"서, 선배가 만드시는 거라면 뭐든지."

사랑스러운 후배 여친이냐, 산포는 스스로 속으로 핀잔을 줬다.

"진짜? 으아, 그나저나 요리를 처음 먹이는 거라 긴장된다."

쑥스러운 미소를 살포시 지으며 정육 코너 쪽으로 걸어가는 선배. 평소와는 다른 대사와 귀여운 표정에 얻어맞은 산포는 '어라, 저 사람이 내 여친이었나?' 하고 망상하며 뒤를 쫓았다.

"그렇지, 집에 갈 때 오토바이 태워줄게."

아, 아니다. 이 사람은 역시 내 남친이었어.

"서언배애~."

"뭐야, 기분 나빠."

"죄, 죄송합니다."

무심코 발동한 산포 내면의 선배를 사랑하는 애교쟁이 후배 캐릭터를 일격에 살해하고, 무서운 선배는 저민 돼지 고기를 집어 장바구니에 넣었다.

무서운 선배의 집은 들은 대로 슈퍼에서 걸어서 바로였다. 과자로 빵빵해진 토트백을 어깨에 걸치고, 선배의 짐 하나를 맡아 들어 5분쯤 걸었다. 대규모 맨션의 아름다운 입구에 압도되고, 엘리베이터에서 유모차를 미는 엄마와 마주치고, 8층 끝 집의 문을 열고 안으로 들어갔을 때, 산포의 목에서 아까부터 걸려 있던 말이 튀어나왔다.

"서, 선배 직급이 되면 월급이 세 배 정도는 되나요?"

"아쉽게도 아니야. 여기 둘이서 내니까 그렇게 비싸진 않아."

"뭐~야."

아쉬워라.

으응, 둘이서?

"혼자 사시는 게?"

실례하겠습니다, 인사하기 바쁘게 질문하자, 무서운 선배는 돌아보지도 않고 거실로 이어지는 복도 중간에서 오른쪽에 있는 어떤 방문을 닫으며 "둘이 살아"라고 무뚝뚝하게 대답했다. 발밑에는 무서운 선배의 신발과 산포의 다리뿐.

거실로 들어가자, 깔끔하게 정리 정돈된 방에 확실히 무서운 선배와는 다른 사람의 냄새가 풍겼다. 산포도 제대로는 설명하지 못하지만 무서운 선배와는 색이 다른 냄새.

산포는 무서운 선배가 자기 여친도 남친도 아니라는 사실을 떠올렸다.

손을 씻고 입을 헹구려고 세면대를 빌렸다. 이쪽도 깔끔하게 정리 정돈 됐고, 피부 관리 용품들과 나란히 색깔 다른 칫솔이 컵에 기대 세워져 있었다.

용무를 마치고 거실로 돌아온 산포는 깜박 잊은 것을 떠올렸다.

"휘유~."

"앙?"

"아, 제송해요, 무심코."

꼭 해야 하는 것도 아니고 할 필요도 없는 반응을 용기내서 해보았으니, 산포는 손을 씻고 입을 헹구고 온 무서운 선배에게 뭔가 돕겠다고 말했다. 그러나 평소 근무하면서 잃은 신용 탓인지 아니면 대접하려는 집주인 정신인지, 산포는 거실의 4인용 테이블에 앉게 됐다.

"텔레비전이든 뭐든 봐도 돼."

이든? 달리 뭐가 있는 거지? 선배의 뒷모습이나?

그러고 보니 이 단계에서 할 말은 아니었으나.

"저, 정말 제가 신세를 져도 괜찮아요?"

"쌀도 벌써 2인분을 밥솥에 넣었던 참이어서 마침 잘됐어. 아니, 묻는 게 너무 늦었잖아?"

무시할 줄 알았는데 역시 제대로 받아쳐줘서 산포는 "죄, 죄송합니다" 하고 사과하면서도 왠지 안심했다. 혼나고 싶은 마음은 절대 없지만. 당연히 정말로 그럴 리 없는 데다가 선배와 근무 날이 겹치지 않은 날은 진심으로 마음이 편하지만. 그렇지 얼마 전에 야단맞았던 일을 떠올리자 심장이 조여들었다. 그땐 분명, 이용자의 신뢰를 받을 직원이 되라는 소리를 리더에게 듣고 산포가 소설을 빌리러 온 학생에게 같은 작가의 추천 도서를 역설하는 바람에 카운터 업무가 5분의 1 속도로 줄었던 날의 일이다.

저녁 뉴스 방송을 보는데, 부엌에서 계속 들리던 덜그럭거리는 소리와 함께 간장 베이스의 달큼한 냄새가 나기 시작했다. 산포의 입에서 무심코 "우와~" 하고 소리가 나와 "무슨 일이야?"라는 질문을 받았으나 아무 일도 없었으니까 대답하기 곤란했다.

산포가 대답하기 어려워하는 동안에도 조리는 계속 이어졌는지, 비닐을 찍 뜯는 소리와 써걱써걱 양배추를 써는 소리에 이어서 된장국 냄새도 풍겨서, 역시 우리는 신혼부부였다고 산포는 또 망상에 빠졌다.

망상 중에 분위기까지 타서 무서운 선배를 이름으로 불러볼까 생각했는데, 간신히 생각만으로 멈췄다. 그래도 신혼이니까 그다지 화를 내지 않을 것 같은데, 하는 세상 무서운 줄 모르는 악마와 산포가 싸우는 동안, 테이블에 요리가 차려졌다. 산포 나름대로 마음을 써서 "옮길게요"라고 말했으나 거절당했다. 집주인 정신, 맞을까?

속 편하게 앉은 산포 앞에 차려진 샐러드, 돼지고기 생강구이풍 볶음, 밥, 된장국 그리고 가자미조림.

"너무 간단해서 민망하네."

무서운 선배가 그런 소릴 하니까 산포는 그렇지 않다는 마음을 담아 감사를 표현하려고 했다.

"배가 무진장 고파요!"

네, 틀렸습니다. 그러나 무서운 선배는 "밥 더 먹어도 돼"라며 페트병 차와 컵을 제공했다. 자비심 넘치는 선배에게 건배.

잘 먹겠습니다. 마음을 담아 손을 모은 뒤 먹기 시작한 요리는 전부 최고로 맛있었다.

저녁을 먹은 후, 흡족한 왕처럼 몸을 뒤로 젖히고 있자 맛있는 요리를 할 줄 아는 무서운 선배가 커피를 내려주었다. 자칫 "수고가 많구려"라고 말하려다가 아슬아슬하게 멈추고 "감사를 금치 못하겠사옵니다" 하는 서민의 마음을 되찾았다.

서민은 위대한 인물에게 공물을 헌상해야 하므로 토트백에서 과자를 꺼내 맞은편에 앉은 선배에게 내밀었다.

"이거 괜찮다면 간식으로."

"그렇게 많이 샀어?"

"단것부터 짠 것까지 종류별로 확보해뒀어요."

감탄한 듯이 봉지와 상자 하나하나를 들어 보이는 선배는 평소 과자를 직접 사는 일은 잘 없나 보다.

바움롤, 르망드, 알포트, 쁘띠 얇은 전병, 치즈 쌀과자, 피카라, 마지막으로 실벤느.

산포의 과자 대량 구매, 이번 주제는.

"전부 부르봉 제품이네."

"정답!"

반사적으로 손뼉을 치는데 선배가 미묘한 미소를 지었다. 호, 혹시 모리나가 제과 애호가였나. 산포는 둘 다 좋아하지만, 무서운 선배 내면에 부르봉을 디스하려는 마음이 있다면 가만있을 수 없다. 아무리 상대가 맛있는 요리를 만들어준 무서운 선배라 하더라도 부르봉을 위해 싸우겠다. 물론 여기까지 전부 산포 멋대로 한 추측이다.

"이거 실벤느라고 하는구나. 어려서는 되게 비싼 디저트인 줄 알았어."

"모양이 진짜 케이크 같으니까요."

"알포트는 파란색 상자만 있는 게 아니네."

"오늘은 어른스러운 기분이어서 블랙이에요."

"이거 하나 열량이 68칼로리나 한대."

"바움롤은 세상에서 가장 맛있는 과자니까 어쩔 수 없어요."

단언하자, 무서운 선배가 후후 웃어줘서 산포는 안심하고 권했다.

"좋아하는 거 고르세요."

"그럼 세상에서 가장 맛있는 과자를."

선배는 그렇게 대꾸하며 바움롤 봉지를 집고 뜯었다. 자신이 좋아하는 음식을 다른 사람이 선택해주다니 기쁘다. 그렇다면 나도 바움롤이어야지 생각하는데, 선배가 봉지에서 개별 포장된 바움롤 두 개를 꺼내 산포에게 하나를 건넸다.

"와, 오랜만에 먹으니까 맛있다."

"매일 먹어도 맛있어요."

"이게 직원실에 있으면 금방 사라진다고 누가 말한 적 있어."

"이, 인기 있으니까요, 역시."

휘파람을 불려고 했으나 소리를 못 내는 산포의 입에서는 휙휙 입김만 나왔다. 솔직히 안 나오면 안 나오는 대로 웃음이 터져서 분위기가 누그러질 줄 알았는데, 세상은 바움롤처럼 달콤하지 않다. 무서운 선배가 바움롤처럼 허옇게 질린 표정을 지어서, 키스하는 듯한 표정을 계속 선보인 꼴이 된 산포는 당장이라도 바닥에 구멍을 뚫고 들어가고 싶었다.

"산포, 부르봉 과자를 좋아해?"

"마, 맞아요."

바닥에 구멍을 뚫었다가 살해당하기 전에 선배가 화제를 제공해줘서 살았다. 바닥도 목숨을 건졌네, 헤헤헷.

"부르봉 원리주의자는 아니지만 뭐랄까, 라인업의 파워 밸런스를 생각했을 때 부르봉이 제 내면의 천하제일 무도회 단체전에서 승리할 가능성이 가장 크달까요."

"무슨 소리야?"

"모르겠어요."

도중부터 자기가 생각해도 무슨 말인가 싶었으니까 솔직히 대답하자, 무서운 선배가 이번에는 웃어줬다. 상대가 웃어주면 이해해주지 못하더라도 다행스러운 부분이 있다. 바닥도 무사하고.

바움롤을 다 먹은 다음에는 둘이서 대인기 상품인 르망드를 손에 들었다.

"이거 틀림없이 가루 흘릴걸."

무서운 선배의 논의 제기에, 산포가 만화책에서 본 대로 빨아들이면서 먹으면 괜찮다는 방법을 제안해 둘이서 도전했고, 무서운 선배는 도중에 "이게 되겠냐!"라며 시합을 포기했으나 산포는 용기를 내다가 결과적으로 재채기하느라 공연히 가루를 더 날리는 놀이를 했다.

아삭아삭 파삭파삭 폭신폭신한 과자를 즐기며 시시껄렁한 대화를 나누자 시간이 금방 흘렀고, 어느새 컵에 담긴 커피도 사라졌다.

"아, 한 잔 더 마실래?"

마실까 생각하면서 산포는 문득 벽에 걸린 시계를 보았다.

"시간 괜찮으세요?"

"네가 괜찮으면 나는 전혀 상관없어."

"남편? 애인? 그분이 오시면."

"아, 오늘은 아마 안 올 것 같으니까 그쪽도 괜찮아."

그렇다면, 하고 산포는 커피를 한 잔 더 마시기로 했다. 안 올 것 같다는 말을 무서운 선배가 자조적인 느낌으로 했다는 것은 알아차렸으나, 어른이니 이런저런 사정이 있다는 것도 산포는 이해하므로 괜히 묻지 않고 감사히 제안을 받아들이기로 했다.

새로 내린 커피는 향긋해서 과자와 안 어울릴 리 없으니 산포는 바움롤에 또다시 손을 뻗었다.

"산포, 다음 상대는 안 만들어?"

갑자기 급커브로 교통사고를 피할 수 없는 질문이 날아와 뿜을 뻔했고, 실제로 커피가 입술에 조금 흘렀다. 다급하게 혀로 핥고서 “그, 글쎄요, 어떨까요” 하고 물에 물 탄 듯 커피에 물 탄 듯 얼렁뚱땅 말을 흐렸다.

“하긴, 도서관에서 근무하면 만남의 기회도 잘 없나.”

“그건, 그렇죠.”

자기 일에는 맺고 끊는 능력이 제로가 되는 산포. 일단 도망치려고 한 수를 펼쳤다.

“서, 선배는 어떻게 만나셨어요?”

“고향이 같아.”

어쩌면 대충 얼버무릴지도 모른다고 생각했는데, 순순히 대답해준 점에서 산포는 무서운 선배 내면에는 있고 자신에겐 없는 어른스러움을 느꼈다.

“어디였죠?”

어디 현(縣)인지도 무서운 선배는 순순히 대답해주었다. 오호라, 반응하면서 산포는 그 현에 뭐가 있는지 생각했다. 그러나 뭔가 딱 떠오르지 않았다. 가본 적이 없기도 하고 어쩌면 큰 도시가 아니어서 그럴 것이다. 사투리를 쓰는 연예인의 출신지였던 것 같은 정도다.

“어, 음, 유명한 게 뭐가 있어요?”

“그러게, 예를 들면 이거?”

선배는 테이블 위에 있던 바움롤을 가리켰다. 어? 뭐? 바움롤? 바움롤의 나무라도 있나? 그렇다면 이주하고 싶다.

거듭 망상에 빠진 산포를 알아차렸는지, 무서운 선배가 어리둥절한 표정으로 설명해주었다.

"어, 부르봉 본사가 있는 곳."

"헉! 진짭니까!"

산포가 솔직하게 놀라자, 무서운 선배도 놀란 표정이었다.

"틀림없이, 당연히 알고 있을 줄 알았어."

평소보다 표정이 풍부한 무서운 선배는 놀란 표정을 이번에는 심술궂게 웃는 표정으로 바꾸었다.

"기본 정보도 모르다니 산포의 사랑도 의심스럽네."

무서운 선배는 아마도 산포와 장난을 치고 싶어서 놀리는 말을 한 것이리라. 빠릿빠릿한 후배라면 여기에서 "에이~" 하고 볼을 부풀리며 선배와 귀엽게 투덕거리는 것쯤 간단한 일이었을 것이다. 그러나 잊어선 안 된다. 산포에게는 없다. 어른스러움이.

"사랑합니다!"

좋아하는 것에 대한 사랑을 의심받았다는 사실만으로도 이렇게 발끈한다. 단어를 고르는 법과 목소리 톤이 완전히 잘못됐으나, 발끈한 산포는 정정하지도 않았다. 멍하니 당황한 무서운 선배를 향해 말을 이었다.

“본사 위치 따위 몰라도 저는 부르봉 과자를 진심으로 사랑해요. 그리고 이런 멋진 과자를 생산해준 사람들에게 매일 감사를 잊지 않아요! 얼마나 지식이 있는지, 얼마나 이해하는지, 그런 형태의 사랑도 분명히 있겠죠. 그래도 제 사랑은, 지식이나 정보와는 다른 것으로서 가슴속에 단단히 존재하고 형태를 갖췄어요. 그 마음은 아무도 부정할 수 없다고 생각해요. 네, 건방지고 심지어 목소리까지 커서 죄송합니다. 지금 제가 대체 무슨 헛소리를 하나 반성하고 있어요, 네, 죄송해요. 용서해주세요.”

사랑을 큰 소리로 외친 부끄러움과 딱히 싸움을 건 것도 아닌데 발끈해버린 착각을 도중에 깨달은 산포의 목소리는 점점 작아지다가 이윽고 끊겼다. 동시에 시선도 내리깔고 고개도 숙여 테이블의 나뭇결을 응시했다. 머리를 채우는 반성반성반성.

맛있는 밥까지 차려준 선배에게 뭘 설교나 하고 앉았어, 큰일 났다.

이번에야말로 바닥에 구멍을 뚫고 뛰어들어야지, 산포는 그렇게 결의했다.

“미안해.”

그런데 무서운 선배의 그 한마디가 산포를 멈춰 세웠다. 선배를 보자, 굉장히 머쓱한 표정을 짓고 있었다. 처음 보는 표정이다.

“그렇지, 응. 내가 이상했어, 정말 미안해.”

“아, 아니요, 사과하시면, 저야말로 그게.”

설마 무서운 선배가 산포의 폭언을 듣고 사과할 줄 몰랐고 이렇게 온순한 표정을 지을 줄은 더 몰라서 산포는 허둥거렸고, 그 자리에 침묵이 생기자 또 허둥거렸다.

선배와 눈이 마주치자 둘 다 왠지 쓴웃음을 지어서, 산포는 마치 다툰 커플이 지금부터 화해하는 장면 같다고 생각했다. 그렇다면 다시 사이가 좋아지거나 이 자리에서 이별하는, 둘 중 하나다.

어라? 역시 무서운 선배가 내 애인이었나? 산포가 질리지도 않고 망상을 일으키는데, 선배는 그 자리의 공기를 정체시키지 않으려는 의도인지, 커피를 한 모금 마시고 약간 진지한 이야기를 해주었다.

자세한 사항은 무서운 선배가 모처럼 산포에게만 해준 이야기이니 생략하겠지만, 간략하게 말하자면 최근 선배에게 생긴 어른의 이런저런 사정에 관한 이야기였다. 그게 조금 전 부르봉 이야기와 조금 관계가 있었다. 상대방에 대해 잘 몰라도 무섭지 않은데 한편으로 무서움을 느끼기도 한다는, 그런 이야기였다.

산포는 무서운 선배의 이야기를 동거인이 돌아오지 않는 방에서 커피가 식을 때까지 진지하게 들었다.

비 온 뒤 땅이 굳는다는 말이 있듯이, 어떤 마찰이 있으면 사람과 사람은 친밀해지는 법이다. 그날 이후로 산포는 무서운 선배와 거리감이 바싹 좁혀진 느낌이었다. 무서운 선배의 가장 겉으로 보이는 면이 무서운 부분이 아니게 된 것 같았다. 슬슬 머릿속에서 그녀를 부르는 별명을 바꿔야겠는데, 우후후후. 그렇게 생각했는데 이거다.

"산포!"

출근해서 일을 시작하자마자 바로였다. 휴게실에서, 밖에는 들리지 않을 절묘한 음량의 호통이 울려 퍼졌다. 당연히 받는 쪽인 산포는 직립 부동으로 질타하는 말을 기다린다.

꽥꽥꽥꽥꽥꽥꽥꽥. 만화라면 분명 이런 글자가 한 컷 가득 펼쳐졌을 장면을 상상하며 산포는 흠씬 혼쭐이 났다.

"기억 못 하겠거든 판단하기 전에 남한테 물어. 아니, 기억 좀 해!"

지식이 가장 중요하지 않다는 점을 이해해준 줄 알았는

데, 라는 생각이 표정으로 드러났나 보다.

"일과 애정은 다르니까, 규칙과 부르봉도."

산포는 물리적으로 뇌에 못이 박힌 기분이었다.

그러나 그런 통증에 굴하지 않는 점이 산포의 장점이자 단점이다.

그렇게까지 화낼 게 뭐 있어. 사실 자기도 모르는 사이에 무서운 선배를 따르는 한편으로 다소 무시하는 면이 있는 산포는 머릿속으로만 혀를 날름거리고 일하러 돌아가려고 했다.

"아, 그리고 산포, 어이, 그 표정은 뭐야."

"아, 아니요, 아무것도."

머릿속으로만 하려고 했는데 무심코 나와버린 바보 같은 얼굴을 갑자기 돌아본 선배에게 들켜 산포는 낭패했다. 아이참~ 소녀한테는 들키면 안 되는 부분도 있단 말이에요~, 머릿속으로 애교 넘치는 후배를 소환해서 자아 붕괴를 막았다. 위험했다, 위험했어.

아직 화를 덜 냈나 보네, 반쯤 질색하며 무서운 선배의 말을 기다리는데 선배가 휴게실 구석의 싱크대를 가리켰다.

"보충해뒀어."

왠지 모르게 쑥스러워하며 말하고, 무서운 선배는 접수

카운터로 나갔다. 대체 무슨 소리람? 산포는 선배가 가리킨 곳으로 접근했다. “으앗!” 이어서 작게 비명을 질렀다.

싱크대에 설치된 과자용 바구니, 거기에 지금까지 본 적 없을 만큼 많은 바움롤이 들어 있었다.

산포는 휴게실 출구를 봤다가 바구니를 봤다가 다시 한 번 출구를 봤다. 무서운 선배가 출근해서 바움롤을 하나둘 바지런히, 아니 한꺼번에 우르르일지도 모르지만 바구니에 넣는 모습이 머릿속에 아른거렸다. 그리고 아까 그 쑥스러워하는 모습. 순간, 무서운 선배의 머릿속 별명이 귀여운 선배가 될 뻔했다. 두 글자만 바뀌면 되니까 변환은 금방이다.

어쩜 나를 위해서 이렇게나 많이, 건방진 산포는 금세 그렇게 생각하며 바구니에 슬며시 손을 뻗었다.

“당연히 나중에 먹어야지!”

“네엣!”

뒤에서 들린 호랑이 교관의 호통에 반사적으로 등을 편 산포는 얼른 휴게실에서 접수 카운터로 나가려고 했다. 그런데 무서운 선배도 옆에 섰다. 아무 용건도 없는데 수상하다고 생각해서 보러 왔냐고, 횡포야! 권력형 폭력이야! 자기가 먹이를 뿌렸으면서 못됐어!

산포는 또 무서운 선배에게 보이지 않게 마음속으로 반

기를 흔들었다. 흔들면서도 사회인인 산포는 당연히 알고 있다. 애 취급하지 않고 화를 내준 것은, 그녀가 남들과 다르게 후배를 대등하게 봐주는 선배이기 때문이다.

하지만 그거랑 혼나고 싶은지는 다른 이야기야!

무서운 선배는 열람실 쪽으로 사라졌다. 한편, 산포는 불만 가득한 표정을 감추지 못하고, 접수 카운터에 쌓인 반납 도서를 배가용 북카트로 옮기는 작업을 시작했다. 그러다가 근처에 앉아 일하던 이상한 선배와 다정한 선배가 이쪽을 보고 있는 것을 알아차렸다. 산포는 그 시선에 놀랐다.

"왜, 왜 그러세요?"

두 선배는 산포의 질문에 대답하지 않고 이번에는 서로 마주 보았다.

"언제 봐도 재밌어 보이는 플레이야."

"그렇죠, 산포랑 저 애가 부럽다니까요."

재잘대던 두 사람은 다시 일을 시작했다. 앙?

이상한 선배가 이상한 소리를 하는 거야 그렇다 쳐도 다정한 선배까지 무슨 소리람. 물어보려고 했으나, 이용자가 카운터에 와서 응대하는 사이 산포는 깜박 잊었다.

일을 마친 뒤, 산포는 무서운 선배와 사이좋게 바움롤을 먹고 업무상 중요한 보고를 잊었다고 또 혼났다.

풀 죽어 시무룩해진 뒤 곧바로, 어떤 일이든 귀찮아하지 않고 항상 상대해주며 자진해서 무서운 선배를 도맡는 그녀에게는 안 보이는 곳에서, 산포는 귀여운 후배의 귀여운 실수잖아요, 라며 혀를 날름거렸다.

무기모토 산포는
마녀 배달부 키키가 좋아

무기모토 산포는 취한다. 스무 살이 넘은 뒤부터, 아니 확실히 넘은 뒤부터였다고 단언하면 거짓말이지만 아무튼 그럭저럭 나이가 됐을 때부터 산포는 술을 즐겨왔다. 그래서 술자리에서도 얼큰하게 취하는데, 이번에는 술 이야기가 아니라 알코올과 마찬가지로 그녀를 취하게 하는 것이 있다는 이야기. 다름 아닌 자기 자신.

무슨 소리인지 누군가 설명하더라도 과연 사람들이 얼마나 이해할 수 있을지 미지수지만, 산포 자신도 이해하지 못했으니 타인이 이해하지 못하는 것도 어쩔 수 없다.

산포는 산포에 취한다. 더 정확하게 말하면 산포는 산포다움에 취한다.

동기도 계기도 산포는 모른다. 그러기는커녕 산포는 자기가 취한 줄도 모른다. 그저 산포가 산포에 취했을 때면 반드시 비슷한 말을 빈번히 듣곤 한다.

"산포답다."

웃음을 사는 상황도 있고 기뻐해주는 상황도 있고 무시당하는 상황도 있지만, 이구동성으로 하루에 수없이 그 말을 듣기 시작하면 요주의, 산포는 산포에 취하기 시작한다.

자각하지 못하고서 왠지 모르게 산포를 연기해버린다. 평소보다 잘 먹고 잘 웃고 잘 버벅대고 물건을 잘 떨어뜨린다. 아니, 후반의 두 가지를 두고 산포답다는 소리를 듣는 것은 산포의 본의가 아니지만.

자각이 없기에 당연히 산포 본인은 깨닫지 못한다. 다른 사람도 깨닫지 못한다. 취한 상태인 산포가 평소 이상으로 타인에게 치근덕거리거나 울보가 되는 일은 없어서 평소 이상으로 실질적 피해가 있진 않으니 그렇다.

다만 만약 그걸 해라고 느끼는 사람이 있다면의 이야기인데, 숙취에 시달리는 산포는 조심하는 편이 좋다.

자신에게 취했다는 자각은 없으나, 산포는 아침에 일어난 순간 묘한 권태감을 느낄 때가 있다. 평소와 다름없는 오늘인데 이상하게 평소와 같은 자신으로 지내는 것을 용납하지 못하겠다. 늘 똑같은 산포를 보여주다니 시시하지, 이런 묘한 사명감이 솟구쳐 평소와는 다르게 머리를 세팅하고 평소와는 다르게 화장하고, 친구가 장난으로 선물한 평소와는 다른 야한 속옷을 입는다.

여기까지는 좋다. 산포가 색이 진한 립스틱을 바르건 허리 부근에 끈이 달렸건 타인이 알 리 없다. 산포의 숙취는 다른 사람과 만나서부터가 본격적이다.

"안녕, 응? 얼굴이 왜 그래!"

출근한 산포가 탈의실에서 앞치마 끈을 등 뒤로 묶는데, 평소보다 근엄한 표정으로 들어온 무서운 선배가 이쪽을 보고 노골적으로 기겁했다.

"우후후, 새빨간 립스틱, 가끔은 이런 것도 괜찮죠?"

키스 미 펌 프루프 샤이니 루주, 세금 별도 900엔. 한참 전에 좋아하는 애니메이션 〈마녀 배달부 키키〉를 텔레비전으로 본 다음 날 들떠서 샀다.

"뭐에 영향을 받은 거야, 그 캐릭터?"

어이없어하며 무서운 선배가 자기 사물함을 열려고 산포 옆에 서자, 산포는 무서운 선배의 사물함을 가만히 손으로 눌렀다.

"조금만 더 놀아주세요, 선배."

물론이라고 해야 하나, 산포는 당연하게도 볼을 물컹 붙잡혔다.

"비켜."

"헤에."

별로 아프진 않아도 늘어난 뺨은 붉은 립스틱에 어울리지 않는다.

"그럼 먼저 가서 기다리고 있겠어요, 우후후."

산포는 요염함을 의식하며 발성하고 탈의실을 나섰다. "다음엔 꼬집는다"라는 말은 못 들은 척 등 뒤로 흘린다.

직원 전용 휴게실에서 나와 개관 전인 조용한 접수 카운터로 가자, 이미 선배 직원들 몇몇이 잡담하는 중이었다. 전원이 산포를 보고 화들짝 놀랐고, "안녕하세요, 좋은 아침이죠"라는 인사말을 듣자 전원이 서로 마주 보았다. 이어서 어쩌면 좋을지 모르겠다는 분위기가 카운터 안에 흘렀다.

"어이, 베르사유 장미 놀이 하는 애."

그런 대사와 함께 등장한 담당 사수는 궁지에 몰린 그 자리의 구세주. 산포 이외의 모두가 안도한 표정을 띄웠다.

"이상한 캐릭터는 백번 양보하겠는데 도서관 물건에 절대 입술 찍지 마."

"물론이지요, 오늘 산포는 색다른 맛이랍니다. 무시무시한 아이라고 부르셔도 괜찮사와요."

"그건 뭐 유리가면 놀이냐. 이용자도 그렇게 응대할 생각이야?"

"아, 아니요, 설마요."

아무리 숙취 중인 산포라도 무서운 선배를 거역할 기개는 없다. 새로운 자신을 보여주고 싶은 욕망 때문에 얻어맞으면 수지가 안 맞는다.

담당 사수의 시선에서 도망치려고 총총총 바쁘게 계단으로 가 위층으로 올라갔다. 불을 켜는 역할을 성실히 완수하기 위해서다. 물론 그때도 우아함을 잊지 않으려고, 산포는 다섯 걸음에 한 번 깡충 뛰기를 도입했다. 우아함을 잘못 알고 있다.

형광등을 켜 도서관 내부를 밝히고 장서 검색용 컴퓨터의 전원을 켜고 1층으로 돌아왔다. 개관 작업은 분담제여서 다들 조간신문을 열람 공간에 배치하거나 이용자 휴게실 및 자유 열람 서고 문을 열기 위해 도서관 여기저기에 흩어져 있다. 카운터에는 웃는 얼굴이 온순한 남성 리더와 방금 출근한 참인지 앞치마를 두르는 다정한 선배가 컴퓨터 화면을 보고 대화 중이었다.

먹잇감을 발견했다는 듯이 산포가 다가가자, 두 사람은 발소리를 알아차리고 고개를 들었다.

"좋은,"

거기서 멈춘 다정한 선배 대신에 산포가 꾸벅 고개를 숙이고 우후후 웃었다.

"좋은 아침이에요, 선배. 오늘도 아름다우셔요."

바로는 대답이 오지 않았다.

산포는 다정한 선배가 반응하기 곤란해할 것을 예측했다. 예측했으면서 왜 그런 행동을 선택했느냐 하면, 산포는 오늘 하루 색다른 맛이 나는 자신으로 있겠다고 미리 위협하는 것이다. 그러니 본심을 밝히자면, 이왕이면 놀라는 반응을 해줘야 아직 캐릭터를 다 터득하지 못한 산포도 행동하기 편하다.

그러나 이 세상에 그렇게 쉬운 어른들만 있을 리 없다.

선배는 동요한 표정을 미소로 덮어 감췄다.

"산포야말로! 웬일이야, 이미지 체인지? 귀엽다~. 와, 앞치마가 아니라 사복 차림으로 보고 싶어!"

"엇, 아, 네, 고맙습니다."

곤란한 표정인 리더 옆에서 눈을 반짝반짝 빛내는 다정한 선배의 반응에 산포는 주춤했다.

"여자가 패션을 바꾼 날 만날 수 있다니 기쁘다." "햇빛 아래에서는 또 인상이 바뀔 것 같아." "그 애한테는 벌써 보여줬어?"

다정한 선배가 팍팍 밀어붙이자, 자기가 공격을 걸었으면서 제멋대로인 산포는 어설픈 대답을 늘어놓으며 한 걸음씩 물러났다. 결국에는 육식동물에게서 도망치듯이 후다닥 카운터에서 멀어졌다. 자기 생각대로 상대가 반응하지 않으면 곤란해하는 미숙한 산포.

이를 계기로 평소 자신으로 돌아왔다면 주위 사람들을 더는 동요시킬 일도 없다. 그러나 아직 이 정도로는 산포의 숙취가 가시지 않는다. 오늘 이 패션과 평소와 다른 말투로 생활하는 것을 산포는 의심의 여지 없이 자신에게도 주변에도 엔터테인먼트를 제공하는 즐거운 이벤트라고 믿기 때문이다.

"고생하셨어요, 서, 언, 배, 애."

"젠장 맞게 열받는데 오늘은 큰 실수가 없었으니까 됐다."

"영광이어요, 우후후."

점심시간에 여전히 굴하지 않고 평소와 다른 자신을 보

여주던 산포는 마침내 무서운 선배에게서 면죄부를 받기에 이른다. 젠장 맞게라는 부분이 조금은 신경 쓰이지만, 그런 부분에 반응하다니 새빨간 립스틱에는 어울리지 않사와요.

다정한 선배가 휴게실 구석에서 벌어지는 묘한 대화에 킬킬 웃었다.

“산포의, 그거, 너무 웃겨.”

검지로 눈물을 닦으며 배를 부여잡는 다정한 선배. 아무래도 외모는 받아들일 수 있어도 우아함을 완전히 잘못 이해한 소녀 만화풍 말투가 선배 몸에 보디 블로와도 같은 대미지를 주었는지, 그녀는 아까부터 계속 웃고 있다. 놀라주길 바란 건 사실이지만 웃음을 살 정도까지 가면 조금 아닌 것 같사와요, 언니.

“우후후.”

다정한 선배의 경계선이 어디인지를 확인하는 의미를 담아 일부러 눈을 마주치고 한 번 더 우아한 미소를 소리로 표현했다. 그러자 선배는 후다닥 시선을 피하고 가까운 테이블에 손을 짚더니 몸을 떨었다. 아, 이건 이제 안 되겠다. 모르는 사이에 치명상을 입었나 보다.

선배가 부활하기를 기다리며 다시 눈을 마주치고 윙크했다. 아, 이건 괜찮다.

"산포, 쉬는 동안엔 그 말투 금지."

"에이."

평소 산포였다면 무서운 선배의 업무 외 명령을 듣고 냉큼 태도를 고쳤겠지만, 오늘 산포에게는 묘한 사명감과 의지가 있다. 그래서 일단 한마디로 반발해보았으나 "앙?"이라는 한 단어로 위협을 받아 "노!" 하고 영어 한 단어로 납작 엎드려 두 손을 들고 무저항을 어필했다.

어쩔 수 없다, 새로운 자신은 패션과 행동만으로 매력을 발산하기로 하자. 산포는 사물함에 넣어둔 오늘 점심 도시락을 들고 빈자리에 앉았다.

"잘 먹겠습니다."

산포의 말에 시선을 빼앗겨 뒤늦게 오늘 산포의 점심을 목격한 두 선배가 동시에 웃음을 터뜨렸다.

"뭐야! 그게!"

뭔가 심각한 상황에 놓인 듯이 정신없이 기침을 해대는 다정한 선배의 심정도 한몫했으리라. 무서운 선배가 열람실에 들릴지도 모를 성량으로 산포에게 외쳤다. 정확히는 산포가 들고 있는 그것에.

"점심이에요. 오는 길에 있는 빵집에서 샀어요."

전력을 다해 건방진 표정을 짓고 종이에 싸인 점심을 번

쩍 드는 산포.

"아니, 그거 바게트지?"

"네에, 파리지앵이라고도 한대요."

"웃기려고 사 왔어?"

"아니에요, 설마. 종이에 싸인 바게트라니 우아하고 엘레강스하잖아요?"

평소 산포라면 아무리 그래도 생각이 완전히 잘못됐다는 것을 알아차렸겠지만, 하여간 숙취는 무섭다.

괴이한 꼴을 본다는 선배들의 시선을 무시하고, 빵을 반으로 잘라 한 손에 들고 깨물었다. 이 시점에서 이미 우아함이라곤 눈곱만큼도 없다. 게다가 새빨간 립스틱 때문에 빵이 그로테스크해졌다.

그러나 잘못된 우아함에 대해 충분히 생각해온 산포, 자리에서 다시 일어나 휴게실 냉장고에서 아침에 넣어둔 딸기잼과 우유 그리고 햄을 꺼내 자리로 돌아왔다. 딸기잼으로 립스틱을 신경 쓰지 않으려는 노림수다.

"잘못됐다고 생각한다만, 뭐, 됐다."

"드슐래유?"

버벅댄 게 아니라 빵을 문 탓이다.

"아니야, 됐어."

다정한 선배에게도 물어보려고 했는데, 그녀는 어느새 자리를 떴다. 책상 위에 열린 채로 남겨진 도시락이 서정적이다.

잼과 햄을 구사해 바게트를 야금야금 파먹는데, 맛은 있으나 얼마 지나지 않아 턱이 아프기 시작해서 산포는 쉬었다. 어느새 다정한 선배도 돌아와 무서운 선배와 날씨 이야기를 나누었다. 그러나 이쪽으로는 전혀 시선을 주지 않는다. 턱이 회복할 때까지 폭신폭신한 하얀 부분만 찢어서 먹는데, 언제부터인지 무서운 선배가 이쪽을 빤히 보고 있었다.

"산포, 오늘 네가 한 이모저모는 뭐였어?"

"우후후, 대단하지 않답니다."

"그만해, 사람 하나 죽어 나가잖아."

힐끔 다정한 선배를 보니, 초점 안 맞는 눈으로 허공을 응시하며 심호흡을 하고 있었다. 후하후하, 소리가 들린다.

산포도 늘 다정하게 대해주는 선배를 웃다가 죽게 하면 아무래도 뒷맛이 나쁘니, 무슨 생각을 했는지 솔직히 밝히기로 했다.

"평소 제가 재미없다는 생각이 들어서유."

버벅댔다.

"그리고 항상 똑같은 저를 보는 선배들도 재미없을 것 같아서 새로운 저를 보여드리고자."

"왜 갑자기 패션 잡지 표지에 실릴 것 같은 모습을 생각했는데."

"왜일까요."

취했다는 자각이 없는 산포는 모른다.

"그래도 지금 즐거워요. 마치 제가 아닌 것 같아서."

"코스프레 같은 건가?"

"서, 설마 해본 적 있으세요? 하녀 복장이라든가……."

"있을 것 같아?"

있다면 진짜 재밌겠다, 그러나 없겠지. 만약 무서운 선배가 하녀 복장을 하고서 갑자기 나타난다면 산포도 분명 현재 다정한 선배와 똑같은 상태이리라. 웃음을 유발하는 원인에 최대한 시선이 닿지 않게 하려고 자신이 할 일에만 묵묵히 몰입하는 상태. 다정한 선배, 아까부터 말없이 브로콜리를 우적우적 씹고 있다. 경계심 강한 토끼 같아서 귀엽다.

"뭐, 네가 하녀 복장을 하고 나타난다면 나도 당연히 기겁하겠지."

"짐승……."

"직원 중에 하녀가 있으면 되겠냐. 하녀 복장은 좀 그렇지만 헤어스타일이나 립스틱 정도라면 괜찮아."

"기뻐요, 우후후."

"그건 그만둬."

'다정한 선배 살인 사건'이라는 책이 출판되지 않도록 말투를 원래대로 돌리라는 지시에는 산포도 얌전히 따르기로 했다. 그래도 화장은 허락해줬으니 이쪽의 승리다. 장기전에는 양보가 중요하다. 오늘 돌아가는 길에 유니클로에 들러 립스틱에 어울리면서 일할 때 입을 만한 셔츠를 사서 돌아가겠다는 계획과 지금 머리 길이로 할 수 있는 고저스한 헤어스타일을 생각해볼 예정을 세웠다.

산포는 앞으로의 드레스업을 기대하며 오늘 일을 열심히 하기로 마음먹었다.

그러나 마음먹은 대로 되지 않는 법이다.

"산포는 그거, 뭐 하는 거래?"

오후, 서류를 가지러 사무실에 갔는데, 오늘 집안 사정으로 늦게 출근한 이상한 선배의 목소리가 안에서 들려 산포는 입구 몇 걸음 전에 멈춰 섰다. 사실 아까 도서관에 들어온 이상한 선배와 멀리서 눈이 마주쳐 산포는 허리를 굽혀 인사를 보냈다.

곧장 대화에 끼어들려고 했는데, 만약 지금부터 자기 험

담을 말하면 어쩌나 싶은, 립스틱 아래의 소심쟁이가 산포의 발을 붙들었다.

"저를 죽이려고 해요."

다정한 선배의 절박한 목소리.

"뭐라더라, 새로운 자신을 보여주려나 봐요."

조금 모가 난 무서운 선배의 목소리. 이상한 선배는 두 사람의 선배이기도 하다.

"평소의 자기가 재미없어졌다고 아까 말했어요."

"아하, 과연. 그럼 지난번 힙합 패션 때랑 같은 거네."

힙합, 산포의 머릿속에 영상 하나가 스쳤다. 동기인 두 선배 콤비의 머릿속에도 짐작하기로 똑같은 영상이 도래했는지, 안에서 이구동성으로 소리를 낮춘 "아~!"가 들렸다.

"그게 힙합인지 아닌진 모르겠지만, 그러고 보니 산포가 헐렁헐렁한 모자와 파카를 입고 출근한 적 있었죠. 혼나서 바로 갈아입었지만."

"엄청 커다란 목걸이도 하고 있었어요. 산포를 나무란 기억이 있어요."

산포는 무서운 선배에게 잔소리를 들은 기억이 있다. 그때도 말했는데, 변명하자면 그 차림으로 일할 생각은 없었으니까 갈아입을 옷을 제대로 챙겨 왔었다.

"그때도 평소의 자신에게 질렸단 소리를 했던 것 같아~."

이상한 선배의 증언. 산포 자신은 그런 말을 했는지 안 했는지 확신하지 못했는데, 듣고 보니 정기적으로 그런 생각을 했는지도 모르겠다.

"누구나 있으니까, 평소 자기 모습에 지치는 일은."

이상한 선배가 꼭 평범한 어른 같은 소리를 다 하네, 산포는 굉장히 실례되는 생각을 했다.

"아니, 아무리 그래도 너무 극단적이에요."

"그건 그렇지, 그래도 그런 점 때문에 너는 산포가 귀여워서 미치겠잖아?"

"귀여워서 미치겠는지는 모르겠지만, 그래도 뭐 산포답네요."

파사삭, 소리가 났다.

그게 무슨 소리인지, 산포는 모른다. 그러나 산포는 분명히 그 소리를 들었다.

동시에 얇은 유리가 깨지는 영상이 일순간 산포의 시야에 비쳤다. 다만 그 영상은 순식간에 산포의 머릿속에서 사라져서 지금 무엇을 봤는지 기억하지 못했다. 그저 조금 전까지 평범해 보였던 경치가 알고 보니 조금은 흐릿했었다는, 그런 비슷한 감각을 뼈저리게 느꼈다.

갑자기 벌어진 몇 가지 현상, 산포는 그게 뭔지 몰라 두리번두리번 주변을 둘러보았다.

"아니, 산포, 일은 안 하고 우리의 뒷거래를 훔쳐 들었어?"

히죽거리는 이상한 선배의 손바닥에 두 뺨을 감싸여 산포는 정신을 차렸다. 바로는 머리가 돌아가지 않아, 아니 평소에는 잘 돌아가느냐는 의문은 어쨌거나, 필사적으로 "아니에요, 그런 거"라는 대답만 짜냈다.

숙취에서 깼다. 산포에게는 그런 자각이 없다.

"나중에 저 두 사람 셔츠에 키스 마크 찍어줘."

그런데도 산포는 자기 안에 고였던 열이 급격히 식는 것을 느꼈다.

"우후후, 악녀가 되겠는걸요."

지금 이 새로운 자신에게 어울리는 대사를 능숙하게 준비했으나, 가슴이 뛰진 않았다. 지금 자신을 연기하는 것에 긴장감이 없었다. 자신과 융합했다. 그 점은 연기하기에는 바람직할지 모르나 뭔가 마음속에 쓸쓸함이 깃들었다.

오래 함께한 애인을 향한 감정이 사랑에서 정으로 바뀔 때의 쓸쓸함과 비슷한 감정, 산포는 그렇게 생각했다. 애인과 그렇게 오래 사귄 적은 과거 몇 번의 연애 중 없었지만.

그 후로 산포는 다정한 선배 앞에서는 안 한다는 규칙을 지키고, 다른 선배 앞에서는 쫄랑대며 립스틱에 어울린다고 산포가 잘못 알고 있는 대사를 잘 선별해 제대로 선보였다.

그러나 산포는 두 번 다시는 엿듣기 전에 느꼈던 두근거림을 맛보지 못했다.

그 이유는 산포 자신도 전혀 모른다.

이유는 몰랐지만, 산포는 집에 가서도 한 번 더 새빨간 립스틱을 입술에 바르고 헤어스타일을 예쁘게 세팅했다. 또 직장에는 입고 가지 못할 새까만 원피스를 걸쳤다.

테이블 위에 스마트폰을 적절한 각도로 고정하고 타이머를 세팅해, 입술에 검지를 댄 포즈를 취하고 셀카를 찍었다.

모처럼 꾸몄으니까 추억으로 삼으려는 생각도 없진 않으나, 산포가 오늘 셀카를 찍은 또 다른 이유가 있다.

어째서인지는 모르겠다. 그러나 이런 자신과 만나는 것은 이번이 마지막일 것 같았다. 자신 안의, 새빨간 립스틱이 어울리는 어른스러운 아가씨가 되고 싶은 부분을 일부러 강조해 남에게 보여주는 일은 앞으로 없을 것이다.

"좋은 아침입뉴다."

아침부터 버벅댔다.

“좋은 아침, 산포. 어라, 평소대로 돌아왔네.”

헤헤, 산포는 평소처럼 자다 눌린 부분만 수습한 머리를 만지작거렸다.

오늘 아침, 늘 그렇듯이 억지로 일어나서 일단은 아직 꺼내놓은 빨간 립스틱을 바를 것인가 새로운 야한 속옷을 입을 것인가 고민했으나, 산포는 자기 판단으로 그러지 않았다.

“이제 됐어? 어제 그거.”

어제의 산포는 이미 자신 안에 완전히 융합했다. 그러니 이제는 무리해서 보여줄 필요가 없다.

그렇다고 딱히 인색하게 굴진 않는다.

“선배가 원하신다면 언제든지요, 우후후.”

그래, 언제든지.

그런데 이것 참, 화장과 헤어스타일이 평소대로라면 괜찮으리라 순간 생각했는데, 곧바로 어제 기억이 플래시백했는지 “그흡” 하고 소리를 내며 선배가 탈의실에서 퇴장했으니까 그만둬야겠다. 설마 이 입술이 흉기가 되다니 죄 많은 여자.

산포도 앞치마를 두르고 탈의실을 나서려고 했다. 그러다가 아슬아슬한 지점에서 산포는 발걸음을 돌려 일단 자기 사물함으로 돌아왔다.

뭘 잊고 간 건 아니다. 사물함을 열고, 주머니에서 만약을 위해 넣어둔 산포의 새빨간 갈망을 꺼내 가방 안에 넣었다. 다정한 선배 살인 사건의 범인이 되기 싫어서는 아니다.

산포는 취했다는 자각이 없다. 따라서 당연하게도 숙취에서 깬 줄도 모른다.

그러나 어제의 자신이 평소와 다른 가치 기준으로 살았다는 것은 안다. 이상했다는 것은 감지했다.

산포는 그런 자신을 한심하게 여기고 싶지 않다. 진심이었던 어제의 자신을 부끄럽게 여기고 싶지 않다. 그 증거로서 파트너처럼 주머니에 넣어뒀는데 필요 없을 것 같아서 마음을 바꿨다.

다정한 선배가 어제 일을 언급해도 부끄럽지 않았다.

언제든 할 수 있지만 그렇게 하지 않겠다고 생각할 수 있다. 그런 수평적인 상태로 어제의 자신을 제대로 지켜볼 수 있을 것 같다.

남들이 보기에는 모르더라도, 물리적으로 존재하지 않더라도, 어제의 자신을 잘 챙겨서 함께 살아갈 수 있다. 산포는 그런 자신이 기뻐서 평소와 같은 미소를 혼자 지으며 사물함을 닫았다.

무기모토 산포는
팬 서비스가 좋아

산포는 쉽게 현기증을 느낀다. 그래서 온천에 들어갈 때면 같은 그룹 중 제일 먼저 탕에서 나와 몸을 닦고 옷을 갈아입고서, 대기실이 있으면 거기에서 유유자적 과일 우유를 마신다.

차갑다, 맛있다를 외치며 마지막 한 방울까지 다 마시면 대충 그때쯤에 친구나 가족이 대기실로 들어와서, 산포의 행복 그 자체 같은 표정을 보고 "부럽다, 나도 마실래"라며 매점에서 과일 우유를 사는 경우가 자주 있다.

오늘도 산포가 유카타 차림으로 대기실 소파에 앉아 혼자 차갑다느니 맛있다느니 하고 있는데, 곧 동행자인 친구가 유카타 차림으로 들어왔다. 그녀도 산포가 마시는 모습을 보고 자극받았는지, 산포에게 말을 걸기 전에 자동판매기에서 과일 우유를 사 뚜껑을 따고 꿀꺽.

그녀의 무심한 동작 하나하나에 주변 사람들이 보이는 반응을 굳이 느낄 필요도 없이 잘 알고 있는 산포는 아무렴 그렇지, 하고 의기양양했다.

"오랜만에 마시니까 맛있다."

그녀가 옆에 앉자, 촉촉한 목덜미가 산포의 눈앞에 나타났다. 높이 묶어 올린 머리카락 언저리에서 땀 한 방울이 목덜미로 똑 떨어져서, 산포는 그걸 안주 삼아 한잔하려고 병을 기울였으나 우유는 남아 있지 않았다.

"왜 그래, 산포?"

"아니, 입욕 전이랑 입욕 중이랑 입욕 후에 미인의 상태 변화를 보다니 좋은 눈요기네."

"아재니."

친구는 산포의 어깨를 툭 친 뒤, 과일 우유를 다 마시고 일어났다. 산포도 같이 일어나 둘은 사이좋게 과일 우유병을 자동판매기 케이스에 반납했다.

"얘, 산포, 저녁 먹기 전에 편의점에 뭐 사러 갈까?"

"오, 가자 가자. 슬리퍼로 나가도 되나?"

“프런트에서 나막신 빌려준다고 했던 것 같아. 물어보자.”

적극적으로 끌어주는 아름다운 친구와 후끈후끈 산포는 매우 만족스러운 심경으로 대기실을 나섰다.

현상공모 응모가 취미인 엄마와 통화하면서 나온 “온천 페어 숙박권에 당첨됐는데 필요하니?”라는 말이 이번 온천 여행의 시작이었다.

“에이, 엄마가 잘해서 받은 건데 엄마가 가.” 산포도 처음에는 사양했는데, 들어보니 숙박권을 쓸 수 있는 여관이 부모님이 사는 본가에서는 조금 멀다는 문제에 더해, 엄마가 “나는 당첨만 되면 만족하거든”이라고 주장해서 그렇다면 괜찮겠다 싶어 기쁘게 받았다. 통화 마지막은 “저번에 말했던 애인이랑,”까지 듣고서 실수로 끊어버렸지만, 데헤헷.

그나저나 대체 누굴 꼬셔야 하나 고민하는 척했으나, 산포에게는 남은 선택지가 몇 가지밖에 없었다.

그 첫 번째, 친구 중 누군가를 꼬신다. 그 두 번째, 직장의 누군가를 꼬신다. 그 세 번째, 페어인데 혼자 간다.

세 번째는 숙박권이 없어도 혼자 알아서 가면 될 일이고, 두 번째는 갑자기 페어로 가면 긴장되고 사람에 따라서는 잡아먹힐 가능성도 있다. 이번에는 역시 친구 중 누군가를 꼬시기로 했다.

그러나 산포가 단둘이 여행을 가자고 말할 만큼 사이가 좋은 친구이고, 같은 방에 묵어야 하니 여성이어야 하는 조건에 해당하는 사람은 둘뿐이었다.

둘 중 누구로 할지 고민했고, 사실 처음에 말을 건 사람은 지금의 아름다운 친구가 아니었다. 그 이유는 그녀의 직업, 전해 듣기로 너무 바쁘기 때문이다.

물론 상대가 바쁘다고 해서 소원하게 구는 산포는 아니나, 거절해야 하는 괴로움도 상상할 수 있는 산포여서 역시 갈 수 있을 만한 상대에게 먼저 말하자고 판단했다.

그러나.

"미안해! 하필 다음 달까지 납기가 빡빡해서, 무작정 기다리라고 하기 그러니까 먼저 다른 사람한테 말해봐! 아무도 없으면 다시 말해줘! 앗, 어라? 너 그냥 예정 맞춰서 남친이랑 가면 되잖,"

데헤헷.

이리하여 바쁜 줄 알면서도 아름다운 친구에게 전화를 걸었다. 그러자 운 좋게도 마침 가까운 시일 내에 휴가를 잡을 생각이었다고 해서 기쁘게도 산포는 같이 온천 여관에 갈 동료를 얻었다. 먼저 연락했던 친구에게는 누구와 같이 가기로 했는지, 갑자기 전화를 끊은 사정이 무엇인지 메시지로 제대로 설명했고, 그 사정에 대해 입 다물고 있었던 것을 사과했다.

딱히 입막음하지는 않았으나 어느새 친구들 사이에서 이러쿵저러쿵 이야기가 퍼져서, 아름다운 친구도 어찌 된 일인지 이번 여행을 산포의 상심한 마음을 달래는 여행이라고 믿고 있었다.

어라, 내 개인정보 취급이 이래도 괜찮습니까? 예의 그 사정을 설명하며 산포는 고개를 갸우뚱했으나 온천 여관에서 사이좋은 친구와 단둘, 더할 나위 없는 요리를 눈앞에 두면 전부 다 날아간다.

"으아아, 예쁘다~, 어, 이거 뭐야, 응~, 뭔진 모르겠지만 맛있어!"

부랴부랴 술도 한 모금 해서 희희낙락한 산포와 대조적으로 눈앞에 앉은 미인은 생글생글 웃으며 산포가 먹은 뭔지 모를 음식을 차분하게 한 입.

"어머, 맛있다, 테린(고기, 생선, 채소 등을 잘게 썰어 그릇에 담아 단단하게 굳히고 차게 식힌 뒤 얇게 썬 음식. 원래는 단지나 항아리에 담은 채 식탁에 제공하는 요리였다—옮긴이)이네. 일식에서 나오다니 신기하다."

그 뭔지 모를 음식의 정체를 막힘없이 알아맞히는 친구를 산포는 능글거리는 표정으로 지그시 바라보았다.

"입맛이 고급이시구려, 헤헤헤."

"뭐, 입맛만큼은 고급스럽게 지낸답니다, 에헤헤."

겸손을 떨거나 겸허하게 굴 사이가 아닌 산포와 그녀는 같이 웃으며 동시에 맥주를 꼴깍. 맛있다. 맥주잔이 묘하게 얇다.

"그런 건 파티에 가서 배우는 거야? 요즘도 자주 가?"

"음, 요즘은 그다지. 상은 기본적으로 담당하는 사람과 관계가 없으면 갈 필요 없으니까. 아, 나오키상은 여름에 선배를 쫓아서 갔다."

"호오, 인생에서 한 번쯤은 보고 싶다."

"별로 즐겁지도 않아. 마물들의 모임 같아."

아름다운 얼굴이 짓는 쓴웃음에서 그녀의 고통을 얼마간 짐작할 수 있었다. 그렇다면 됐다. 마물이라고 불리는 존재가 되는 건 좀 멋지지만. 분명 모임 회장은 이런 웃음소리로 가득하겠지, 이~히히.

마물이 웃는 소리를 들어본 적 없는 산포가 망상하는 사이, 지금 대화로 옆자리의 부부도 흥미가 있다면 혹시 알아차렸을지 모른다. 산포의 친구인 그녀의 직업을.

"그나저나 선생님은 건강하셔?"

선생님이라는 모호한 단어 하나로 누구를 지칭하는지 친구는 바로 알아차렸다. 곧이어 몹시 연출적인 험상궂은 표정을 지으리란 걸 아는 산포도 심술궂은 표정을 꾸며, 지금부터 그 이야기를 꼭 하겠다는 마음가짐을 표현했다. 미인은 딱딱한 표정이라도 아름답다.

"오구스 선생님이라면 아주 건강히 잘 지내십니다. 얼마 전에도 싸웠어."

"소설가와 싸울 수 있다니 대단하다."

"싸우게 되니 어쩔 수 없지."

"어쩔 수 없어?"

"응."

일부러 뾰로통한 표정을 짓고, 아름다운 친구는 테이블에 막 도착한 회를 덥석 먹었다. 표정의 절반쯤은 연기가 아닌 점도 멋지다.

"누가 좀 천재를 대하는 방법을 알려주라."

"모릅니다요~."

"나도."

탁구 치듯 말을 주고받으며 추가로 사케를 주문하는 그

녀, 스트레스로 주량이 는 게 아니라 대학 시절부터 이랬으므로 산포는 안심하고 자기 속도로 술을 섭취했다.

산포는 그녀의 일 이야기를 듣는 게 좋았다. 모르는 세계의 이야기여서 좋고, 그곳에서 살아가는 친구의 이야기를 들으며 상상하면 마치 소설을 읽는 기분이 든다.

그중에서도 산포는 눈앞의 그녀와 함께 일하는 그 선생님 이야기를 아주 좋아한다. 그녀가 말했듯이 천재다. 산포와 아름다운 친구가 멋대로 천재라고 말하는 것이 아니다. 각처에서 선생님을 실제로 그렇게 부르고, 그 호칭에 부끄럽지 않은 실적을 자랑한다. 게다가 세상에, 산포와 아름다운 친구와 동갑이다.

산포도 선생님의 작품은 읽었으므로, 친구가 선배와 한 세트이긴 해도 담당자가 됐다는 소식을 들었을 때는 몹시 놀랐다. 작품도 재밌거니와 선생님의 사람 됨됨이, 또 아름다운 친구와의 관계성은 아무리 들어도 질리지 않는다.

"역시 우리는 동갑에다 같은 성별인 게 충돌이 생기는 한 가지 요인이라고 생각해."

"전에도 얘기했듯이 사이좋게 지낼 수 있을 것 같은데."

"사이좋게 지낼 수 있는 부분도 있는데 그렇지 않은 부분도 있거든. 서로 오기를 부리게 돼. 너야말로 전에 말했던 무서운 선배랑은 잘 지내?"

갑자기 화살이 이쪽으로 날아오네 싶었지만, 그야 단둘이 있으니 각자 사는 이야기가 화제가 된다. 산포는 최근 직장의 인간관계를 떠올렸다.

"얼마 전에 집에 놀러 가서 밥을 얻어먹었어."

"오, 진전이 신선하네. 사귀지 그러니?"

술잔을 기울이는 미인이 사르륵 웃었다.

"아쉽게도 이미 애인이 있는 것 같아. 근데 라임 맞춘 거야?"

"어? 뭐가?"

진전과 신선으로 라임을 맞춘 줄 알았다고 말하며, 산포는 두 개인 술잔 중 하나를 손에 들고 사케를 마시려고 했다. 그러자 미인이 술을 따라주었다. 우헤헤.

맛있는 음식이 차례차례 나와서 술도 기분 좋게 들어갔다. 산포가 가장 맛있게 먹은 음식은 튀김, 바삭바삭 튀긴 버섯이 절품이었다. 전부 먹어치웠을 즈음에 산포는 비교적 해롱해롱했는데, 눈앞의 미인은 등을 쭉 펴고 우아하게 식사를 즐기고 있었다.

마지막으로 나온 과일도 홀라당 삼켰을 때, 이미 얼굴이 새빨개진 산포와 달리 친구는 뺨이 조금 달아오른 정도일 뿐, 도무지 흐트러질 기미가 없다. 산포는 그 모습을 보고 "술 마시고 더 귀여워지다니 치사햇!"이라며 친구에게 나른하게 치대고, 둘이서 사이좋게 방으로 돌아갔다.

복도 벽에 두 번 어깨를 부딪치며 약 다섯 평쯤 되는 다다미방으로 돌아와 보니, 가운데에 놓였던 테이블이 툇마루 쪽으로 밀려났고 폭신폭신한 이불이 깔려 있었다. 산포는 힘차게 그중 한쪽으로 다이빙했다. 그러다가 팔꿈치를 호되게 다다미에 박아 절규. 부러졌어, 진짜로 부러졌어, 바동거리는데 뒤에서 웃음소리가 들려서, 그쪽을 일부러 빤히 쳐다보며 그녀의 이불을 자기 쪽에 달라붙도록 끌어당겼다. 우헤헤.

"자, 더 마셔야지."

산포가 차가운 이불을 온몸으로 만끽하는 틈에 친구의 목소리와 냉장고를 여는 소리와 푸슛 기분 좋은 소리가 들렸다. 산포는 이불에 파묻은 고개를 위로 들어 올려 툇마루에 놓인 의자에 앉은 그녀를 보았다.

"나는 잠깐 쉴래."

"응, 자도 돼. 어차피 또 일어날 거잖아."

"또 일어날 거야."

자겠다고 선언했어도 기왕에 온 온천 여행, 할 수 있는 만큼 즐기고 싶다. 그래서 일단 일어나 화장실에 갔다가 저녁 먹기 전에 사둔 물을 벌컥벌컥 마시고 간식으로 초코볼 두 알을 먹었다. 정신을 차릴 겸사겸사 마음을 가라앉히려고 이불에 누워 스마트폰을 만지작거리자, 조금씩이나마 회복되는 것을 느꼈다. 산포도 절대 술이 약한 부류의 인간은 아니다.

창가로 시선을 주자, 밤하늘에 뜬 초승달을 올려다보며 미인이 유카타를 입고 술을 마시고 있었다. 대단한 그림이다. 무심코 찰칵 사진을 찍었다.

이쪽을 돌아본 아름다운 친구가 혹시 나무라려나 걱정했는데, 그녀는 발그스름한 얼굴이 최고로 빛날 미소를 짓고 브이를 그려주었다. 역시 미인, 팬 서비스도 빈틈없다.

찰칵찰칵, 몇 장이나 찍어대자 그쯤 되니 피사체도 질렸는지, 그녀가 캔 하이볼을 입에 댔다. 산포는 그 입술을 줌했다. 우헤헤.

스마트폰에 막 찍힌 사진을 다시 보는데, 미인 너머에 찍힌 초승달도 참으로 아름다웠다. 산포는 문득 떠올린 것을 실행에 옮기려고 몸을 일으켰다. 어질거리는 감각이 이제 거의 사라졌다고 판단해 무릎을 세웠으나 그 직후, 몸의 힘이 다리에 제대로 전해지지 않았는지 이불에 미끄러져 옆으로 나동그라졌다. 웃는 소리를 들으며 정신을 차리고 일어나, 냉장고에 넣어둔 아이스 카페오레를 꺼냈다. 차가운 캔을 손으로 주물럭거리며 친구 맞은편 빈자리를 향해 걸었고, 그러는 도중에 방의 불을 껐다. 원래는 달빛 조명을 받은 실내에서 차분한 어른의 시간을 시작, 할 예정이었으나 오늘 초승달은 산포의 발치를 제대로 비춰줄 힘이 없었다. 갑자기 상상보다 훨씬 어두컴컴해진 실내에서 산포는 허둥거리다가 이불에 발이 휘감겨 또 데구루루 옆으로 넘어졌다. 이불이 푹신해서 다행이다.

팔꿈치를 문지르며 손에 들었던 스마트폰으로 손전등을 켜 신중히 일어났다. 캔을 줍고 툇마루에 달린 조도 낮은 주황색 전등을 켰다.

"산포, 괜찮아?"

"응, 그런데 넘어진 순간 선배 목소리가 들리더라, 순서를 제대로 생각하라고 외쳐서 기분이 나빠졌어."

"아하하, 한번 만나보고 싶다."

그녀는 의자와 의자 사이에 놓인 낮은 테이블에 들고 있던 캔 맥주를 놓았다. 어느새 두 캔째.

"절대 안 돼, 그 사람은 관중이 있으면 더 의욕이 넘쳐서 나를 혼낼 것 같거든."

"호오, 일부러 과시하는구나."

"본보기를 보이는 게 아니라?"

"과시하는 거라고 생각해."

선배들에게도 가끔 그런 소리를 듣는데, 산포는 아직 잘 모르겠다.

"아, 그러고 보니 오구스 선생님이 언젠가 산포랑 만나보고 싶다고 했어."

"뭐, 헉, 진짜로?"

갑자기 유명인에게 지명을 받아 산포는 놀랐다. 만나고 싶다면야 이쪽이야말로 만나고 싶다고 순간 생각했으나 사실은 아니다. 담당자인 그녀의 이야기를 들으면, 도저히 자신이 감당할 만한 양반 같지 않다.

"왜, 왜 나 같은 걸."

"얼마 전에, 아마 악의는 없었겠지만 무지 실례되게 나보고 친구는 있냐고 묻더라고."

"어, 어어."

"술도 마침 들어가서 산포 이야기를 재잘재잘 잔뜩 해버렸어."

"어, 어어."

"불쾌하다면 미안해. 내 망상 속 친구라고 말해둘게."

"안 불쾌해."

불쾌할 리 없지, 좋아하는 절친이 친구는 있는지 질문 받았을 때 대답이 자신이라니, 이토록 명예로운 일이 또 있겠나. 게다가 자신에 대해 들은 상대가 만나보고 싶다고 생각했다면, 사랑스럽게 혹은 유쾌하고 재밌게 말해주었을 것이다. 불쾌한 감정이 생길 리 없다.

"아, 그래도 망상 속 친구라고 하면 선생님이 어떤 반응을 보일지 궁금하니까 해봐."

"아마 순순히 그럴 줄 알았다고 말할걸. 그리고 소설 소재로 쓸 만하겠는데, 라고 덧붙일 것 같아."

이 친구가 선생님의 음색까지 흉내 내며 말하면 술에 취했다는 신호다. 실제로 만난 적 없으니 비슷한지 어떤지 모르지만, 마치 텐구(일본의 상상 속 괴물. 얼굴이 붉고 코가 크며 날아다닐 수 있고 신통력이 있다—옮긴이)나 용이 몸에 깃든 사람과 대화하는 기분이라 즐겁다.

"아, 그래도 선생님한테 악의는 전혀 없어. 그런 사람이야. 뭐랄까, 응, 열받게 하는 점은 엄청 많은데 나쁜 사람은 아니야."

"응, 양쪽 다 이해해."

"아가씨 같은 말투까지 포함해서 무의식적인 팬서야, 분명히."

"팬서?"

"응, 팬 서비스. 그 사람 안에는 자기가 천재인 줄 아는 부분과 자신은 별 볼 일 없는 사람이라는 부분이 있는데, 자길 좋아하는 사람들에게 천재인 면모를 확실하게 보여주려고 하는 것 같아. 마음속 깊은 부분에 자기가 천재여야 남들이 즐거워한다는 서비스 정신이 있어. 다만 가끔 거기에 가시가 자라는데, 그걸 인간적인 부분으로 대처하다가 확연하게 상처를 받는달까. 어려운 생물이야."

어렵다, 그녀가 하는 말 자체가. 그래도 술 때문에 평소 이상으로 머리가 안 돌아가는 산포라도 이 아름다운 친구가 그 선생의 이야기를 해줄 때마다 항상 알게 되는 것이 있다.

"전부 포함해서 좋아해 마지않는다는 거지."

"그 소릴 들으니까 순순히 인정하기 싫다."

눈썹을 늘어뜨리며 웃는 그녀의 얼굴이 또 아름다워서, 산포는 허둥지둥 스마트폰을 들려고 했으나 비밀번호를 치는 사이에 그녀는 그 표정을 그만두었다. 칫.

만족스럽게 주지 않는 것 또한 팬서에는 필요할지도 모른다.

술에 약한 쪽이 꼭 먼저 잠든다고 할 순 없다. 산포도 의외였는데, 먼저 잠든 쪽은 아름다운 친구였다. 그 후로도 또 제법 마셔서, 산포가 토포라는 과자를 아작거리는 사이 "잠깐 일시적 휴식, 잘래, 미안"이라고 해롱해롱하는 말투로 선언하더니 그녀는 이불로 뛰어들었다.

본인은 부활해서 한 번 더 마실 자신이 있었을지 모르나, 누운 그녀에게 산포가 이불을 잘 덮어줬으니 아마도 아침까지 깨지 않을 것이다. 새근새근, 숨소리까지 미인인 그녀의 잠든 얼굴을 찍으면 아무래도 팬이나 친구를 넘어 단순한 변태의 영역에 들어갈 것 같아서 그만두었다.

산포는 혼자 의자에 앉아 따뜻한 녹차를 마셨다. 조금 전까지만 해도 맹렬히 졸렸던 시간이 있었으나 취기가 가시면 눈이 또랑또랑해지는 일은 흔하다.

이지러진 초승달을 바라보며 산포는 깊은 잠에 빠진 친구를 생각했다. 과거를 달에 투영한다.

말은 그렇게 해도, 대학에서 친구가 된 계기나 순간을 솔직히 거의 기억 못 한다. 강의 때 대화를 나누면서 어울리기 시작했고, 졸업한 후에도 직장이 멀지 않아 여전히 친구 관계를 유지한다. 산포와 그녀 사이에는 그런 소중한 사실만이 있다.

기본적으로 다른 친구들과도 그렇듯이 모호한 기억들뿐이고, 기억하는 것은 아무래도 좋은 일이 대부분이지만 그 중에서도 한 가지 특별한 기억이 있어서 산포는 그녀와 추억을 되짚을 때면 반드시 그 일을 떠올린다.

자신이 그녀의 팬이라고 자각한 순간이다.

친구 관계인 동시에 한 명의 팬. 산포는 그 순간까지 팬이 되는 감정은 잘 모르는 사람에게만 향하는 것, 더 정확히 말하면 인간이라고 인식하지 않는 상대에게만 향하는 것인 줄 알았다. 예를 들어 가수나 배우나 소설가나, 조금 특이한 대상이라면 라디오 디제이 정도.

그런데 산포는 친구의 팬이 됐다. 그것도 서서히 그런 감정이 부푼 것이 아니라 어느 날, 어느 순간, 심장이 꿰뚫렸다.

만났을 때부터 미인이라고 생각하긴 했다. 산포만의 생각이 아니라 일반적인 평가라는 것도 그녀와 함께 있으면 알 수 있었다. 산포가 팬이 된 이유가 꼭 친구의 아름다운 용모 때문만은 아니지만, 관계가 아예 없진 않다.

어느 날, 학과의 남학생들이 아르바이트나 기업의 채용 및 불채용에도 용모가 중요하다는 대화를 나눴다. 그 자리에 우연히 산포도 있었는데, 넉살 좋은 누군가가 아마도 쑥스러움과 호감과 진심 어린 칭찬의 말로 산포의 아름다운 친구를 가리켜 "그런 일로 고생 안 할 것 같아"라고 말했다.

무례하다고도 받아들일 수 있는 그 말에 대한 그녀의 대답이 산포의 심장을 꿰뚫었다.

"그랬으면 좋겠다, 나는 내 얼굴을 무기라고 생각하니까."

머엇있다아아아, 그렇게 생각했다.

바보 같지만, 팬이 되는 감정 자체에 설명은 필요 없다. 산포는 친구인 그녀에게 완벽하게 넘어갔다.

그때를 회상하면 왠지 히죽거리게 된다. 기쁜 이유가 뭘까.

산포는 잠든 친구의 얼굴을 보았다. 얇은 입술과 커다란 눈이 지금은 감긴 채 희미하게 꿈틀거린다.

아름답다. 그게 무기라고 말한 그녀는 진심으로 멋있다.

그러나 친구인 산포는 그녀가 그 얼굴 때문에 좋은 기억만 있진 않았던 것을 안다. 가진 자가 반드시 이득을 본다고 할 순 없고, 무거운 짐을 들고 걸어가야만 한다는 사실을 그녀와 친구이기에 알 수 있었다.

불쾌하지는 않을지 걱정스러운 적이 같이 있을 때만 해도 몇 번이나 있었다.

예전에 들은 이야기로는 고등학생 시절에 괴롭힘을 당했

다는데, 자세한 내용을 듣고 산포는 그녀의 외모와 얽힌 일이라고 생각했다.

그녀의 외모에 이끌려 접근한 어디서 굴러먹던 벌레가 그녀와 친해진 것까지는 좋았으나 결과적으로 울렸다는 것을 알고, 산포가 진심으로 암살하려고 생각한 밤도 있었다.

산포는 평생 같은 무게를 체험하지 못하리라 생각하는, 친구가 태어나면서부터 짊어진 커다란 짐.

산포의 아름다운 친구는 절대 그 짐을 두고 원망하는 말을 늘어놓지 않는다. 자신의 외모는 무기라고 자신 있어 하고 상처받으면서도 싸운다. 산포는 잘 안다.

아하, 그렇지, 그렇지, 과연.

그때 부우우웅 하고 새근거리는 소리만 존재했던 실내에 제법 큰 소리가 울려 퍼졌다. 산포의 엉덩이가 일순간 허공에 떴다.

으악, 놀랐다, 팔딱거리는 심장을 느끼면서도 먼저 방 쪽으로 시선을 줬다. 다행이다, 보아하니 깨지 않은 것 같다.

다음으로 소리가 난 쪽을 보았다. 소리를 낸 것은 테이블 위의 스마트폰이다. 기분 좋게 잠든 그녀의 것. 무심코 그 화면을 보았다. 나쁜 뜻은 없다. 무심코다.

메시지가 왔다. 표시된 이름에 산포는 또 두근거렸다.

그 선생님이다.

거기 있는 것도 아니고, 이 세계가 어디든 갈 수 있는 문으로 연결된 것도 아닌데도 산포는 긴장했다.

어쨌든 산포는 지금 막 친구와 선생님의 관계를 생각하던 참이었으니까.

우선 이 두근거림을 쫓아내지 않으면 잠들지 못할 것 같아서 산포는 따뜻한 차에 손을 뻗었다. 그런데 중지가 찻잔에 닿자마자 산포는 손을 멈추고, 두 무릎 위에 올렸다. 그리고 등을 폈다.

이어서 잠든 친구를 절대 깨우지 않도록 목소리를 낮추고 스마트폰에 말을 걸었다.

"선생님."

물론 대답이 있을 리 없다. 산포는 그래도 괜찮았다.

"있잖아요, 제 친구는 선생님을 정말 좋아해요. 서로 다툴 때도 있고 부아가 치밀 때도 있겠죠. 그래도 선생님도 저 애를 좋아하게 되실 거예요. 천재라고 불리는 선생님은 분명 제가 전부 공감해주지 못하는 저 애의 마음속 단편들도 이해해줄 수 있는 분이에요. 그러니까 부디 저 애를 잘 부탁드려요. 저 애의 절친이 하는 부탁입니다."

술을 마시지 않았다면 이런 일은 안 했을 것이다. 그래도 술에 취했으니까 이런 일을 해도 좋지 않나, 산포는 둥실둥실 생각했다.

산포는 화면이 꺼진 스마트폰에 대고 혼자 꾸벅 고개를 숙였다.

“아침 온천 기분 좋아~.”

“돌아가기 싫어~.”

술기운도 빠지고, 이른 아침에 노천탕을 즐겨 몸의 힘도 전부 빠진 두 사람은 흐물흐물해져서 재잘재잘 수다를 떨었다. 운 좋게도 화창한 날씨, 가을의 푸른 하늘 아래에서 들어간 온천은 그야말로 최고였다.

여자 둘이서 아침에 일어나자마자 온천 타임. 산포의 인생이 영화나 만화였다면 서비스 장면 하나쯤 끼워 넣었을지 모르나 두 사람에게는 시청자를 의식할 마음도 없고 그럴 필요도 없다. 그저 나른해진 얼굴로 하늘을 올려다보며 대화도 뜸해진 이 시간을 공유하는 데 몰두했다. 이따금 내쉬는 한숨에 쾌락과 체념이 섞였다. 실망하는 감정이 없는 것이 어른이 됐다는 증거라고 산포는 생각했다.

다만 자신에게는 아직 오늘 하루 더 휴가가 남아 있어서 그럴지도 모른다. 옆에 있는 그녀는 오늘 밤에 벌써 회식이 있다고 한다. 그런데도 절망적인 표정이 아니라니 존경스럽다.

맛있는 음식을 먹을 수 있어서 부럽지만, 특별한 식사는 이틀 연속이 아니어도 좋다. 아침부터 온천에 들어간 이런 날에 마음을 업무 모드로 바꿔야 한다니, 가능하긴 할지 걱정이다.

걱정하는 사이, 산포의 몸이 후끈 달아올랐다. 아침이어도, 기분이 좋더라도 현기증을 잘 느끼는 점은 변하지 않는다. 역시 먼저 탕에서 나가 대기실에서 그녀를 기다렸다. 아침이니까 오늘은 평범한 우유. 어린 시절, 산포는 키가 2미터까지 자라면 좋겠다고 바랐다. 지금이야 현실적으로 키가 그렇게 큰 사람은 큰 사람 나름의 고생이 있는 줄 알고, 이미 자신이 그 정도로 키가 자랄 수 없다는 것도 잘 알지만, 여전히 조금은 성장을 기대하며 우유를 마시게 되는 이유는 말하자면 꿈의 흔적이다.

앗, 과일 우유랑 평범한 우유도 라임이 잘 맞네.(일본어로 과일[후르츠]과 평범[후츠우]은 발음이 비슷하다—옮긴이) 산포가 언젠가 써먹으려고 머릿속 메모장에 기록을 남기는데, 탕에서 막 나온 미인이 조금 늦게 등장해서 오늘은 산포에게 낚이지 않았는지 무료인 물만 마셨고, 둘은 그대로 조식

연회장으로 갔다.

온천 여관의 조식은 세계 제일 맛있다. 이 세상 어딘가의 음식과 비교해서 최강이라는 의미가 아니다. 산포에게 그런 견식은 없다. 그게 아니라, 전 세계에서 지금 조식을 먹는 사람 중 '백 점!'이라고 생각하는 사람이 얼마나 있을지 모르지만, 자신도 그렇게 생각하는 사람이라고 확신한다는 의미다. 흰쌀밥, 된장국, 순두부, 말린 전갱이. 백 점 만점. 집에서도 만들 수 있다고 트집을 잡는 사람이 있을지 모른다. 산포가 생각하기에는 풍류 모르는 촌뜨기다.

아침을 먹고 유카타 차림으로 이불에 눕는 순간 역시 최고의 행복. 그러나 이쪽은 크나큰 애절함을 느끼는 순간이기도 하다.

싫어, 너와 헤어지기 싫어, 나의 이불아. 물론 산포 것이 아니라 여관 것이므로 언젠가는 헤어져야 한다. 산포는 본격적으로 다시 졸음이 몰려오기 전에 일어나 친구보다 조금 뒤늦게 자기 얼굴에 덕지덕지 그림을 그리는 시간으로 돌입했다.

집에 돌아갈 뿐인 산포, 평소보다도 화장에 공을 들이지 않고 금방 끝냈다. 남은 시간에 미인의 얼굴이 꾸며지는 모습을 관찰하려고 했는데, 정신이 분산되어 작품에 조금이라도 잡념이 들어가면 큰일이니 산포는 텔레비전을 켜서 뉴스를 보았다.

얌전하게 기다리자 친구의 무기 빌드업도 완료. 팬으로서 너무 헐떡대는 것도 조금 쑥스러워서 티 안 내고 힐끗 보자, 소재의 참맛을 그대로 살려 완벽한 양념을 뿌린 미인이 있었다. 산포는 자기도 모르게 "귀여워! 멋있어!" 하고 환호성을 질렀다. 아름다운 친구는 쓴웃음을 지으면서도 딱히 부끄러워하지 않고 이얏 하며 브이 사인을 보냈다. 휘파람 휙휙!

슬프지만 이런 즐거운 시간에도 곧 끝이 다가온다. 체크아웃 20분 전, 두 사람은 툇마루 의자에 앉아 마지막 한탕을 했다. 담배도 아니고 술도 아니고, 녹차로 느긋한 한탕.

"아침부터 업무 통화라니 힘들겠다."

산포는 조금 전 일찌감치 업무 모드에 들어가 전화를 붙잡은 친구를 위로했다.

"아니야, 오구스 선생님이 오늘 밤 모임 시간이 언제였는지 확인했을 뿐이라 전혀."

"아, 오늘 약속 상대가 선생님이구나. 천재라도 시간을 잊어버리긴 하네, 왠지 안심된다."

"잠들기 전에 떠오른 아이디어처럼 상상했다는 사실만은

기억하는데 메모가 아무 데도 없는 일이 있지, 이게 변명이었어."

"아하, 인생론이네."

"응."

새침한 대답과 미소에 사랑이 내포됐구나 싶다.

"산포, 온천에 오자고 해줘서 정말 고마워, 재충전 정말 잘했어."

"아니야, 엄마가 당첨됐을 뿐인걸. 그래도 나도 즐거웠으니까 고마워. 욕심을 부리면 몇 박쯤 더 묵고 싶다, 서로 어렵겠지만. 하룻밤으로는 부족해. 금방 일상이 되돌아와."

"맞아, 휴가를 맞춰서 다음엔 더 느긋하게 지내고 싶다."

산포는 오늘 밤부터 일해야 하는 그녀가 또 걱정됐다.

"무리하지 말고 꼭 쉬어야 해, 내가 허락해줄게. 아무 권리도 없지만."

"오, 산포가 말하니까 쉬어버릴까."

정말 쉴 것처럼 반짝이는 표정으로 쳐다봐서, 순간 아무 권리도 없는 산포는 진심인가 걱정했으나, 역시 책임을 져야겠다고 무책임한 각오를 한 직후에 아름다운 친구가 고개를 살짝 저었다.

"걱정해줘서 고마워. 그래도 괜찮아. 온천으로 파워 충전

했으니까, 그리고."

그 미소가 어제부터 봤던 미소 중에서 최고여서, 당연하게도 산포는 황홀해졌다.

"산포의 팬서로 무진장 기운이 넘치거든."

"에, 에이, 으아, 아무것도 안 했어, 아니 내가 팬서라니, 부끄럽게, 기쁘다~."

"팬이야."

그 한마디에 대박이다, 적어도 일주일은 마음 에너지 풀 충전으로 힘낼 수 있겠어, 하고 산포는 확신했다. 인생이란 그다지 달콤하지 않아서, 혼나거나 실수하거나 예상치 못한 일이 생기므로 다른 사람이 해준 말에 계속 의지해 살아갈 순 없다. 기쁨이 조금씩 마모되어 언젠가는 에너지가 사라질지 모른다. 그럴 때면 좋아하는 친구와 만나고 싶어진다. 자신이 팬인 사람과 만나고 싶어진다. 서로 그 에너지가 사라지기 전에, 조만간 또 만나자. 자신이 그녀의 마음 에너지를 조금이라도 채워줄 수 있다면. 산포는 벌써부터 다음에 그녀와 만날 날이 몹시 기대됐다.

그나저나 도대체 그녀에게 어떤 팬서를 해줬을까, 같이 있기만 해도 팬서인가? 어떡해, 아이~, 부끄럽게.

체크아웃하고 전철을 타 도중에 좋아하는 친구와 헤어지

고 집에 돌아온 뒤에도 흐느적흐느적 그런 생각에 잠겼는데, 나중에 그녀가 보낸 메시지를 보고 산포는 진상을 알았다.

'정말 고마워! 산포도 건강 잘 챙겨, 절친이 하는 부탁이야.'

처음 읽었을 때는 기쁘기만 했지, 다른 생각은 안 들었다. 그런데 몇 초 후, 마지막 문장의 의미를 깨달은 산포는 얼굴이 단숨에 새빨개지는 것을 느꼈다. 온천물에 몸을 담갔을 때보다도, 술을 마셨을 때보다도.

아, 그래, 아니, 으응, 괜찮아, 괜찮지, 괜찮은데, 이왕이면 좀 더 제대로 고백해주면 좋겠달까.

어제부터 계속 친구가 고생한다고 걱정했던 마음씨 착한 산포였을 터였다.

그러나 마지막의 마지막에 '선생님, 자는 척한 그 애를 혼쭐내주세요'라고 잠깐 생각했다.

무기모토 산포는
몬터레이가 좋아

무기모토 산포는 꿈이 있다. 흔하면서도 엉뚱하고 절대 시시하지 않은 꿈. 무기모토 산포로 태어나서 다행이라고, 살아 있는 동안 최대한 많이 생각하고 싶다. 그리고 죽기 직전에 행복했다고 생각하고 싶다. 일생이 한 편의 이야기라면 오래오래 행복하게 살았습니다, 이고 싶다. 근사한 엔딩, 타협 없는 착지점으로 가기 위해 산포는 매일 노력을 아끼지 않는다. 구체적으로는 매일 문득 "행복해지고 싶어~"라고 중얼거릴 뿐이지만, 매일 꿈을 그리느라 여념이 없다. 그에 더해 가끔은 어떻게 해야 행복해질 수 있을지 자기 전에 이불 속에서 생각하거나 욕조 안에서 고민하기도 한다. 아이고, 대단한 일은 아니에요, 일상적으로 하는 거여서요, 산포에게 물으면 무슨 하드 트레이닝을 하는 운동선수처럼 겸손하게 대답하리라. 겸손이라는 말의 의미부터 캐묻고 싶은 건 어쨌거나, 산포는 자신의 여정을 야무지게 생각한다. 어떻게든 될 거야, 같은 생각은 적어도 표면상으로는 안 한다. 표면상으로는.

장래 설계도 여러모로 생각하고 있는데, 일단은 현재 직장에서 도서관 사서로서 지식과 기술을 갈고닦아 레벨업을 도모한다. 지금 선배들 위치에 올라 이 도서관에서 출세하겠다.

그런 마음을 면담할 때 열람실 직원 리더에게 전하자, 그는 웃으며 "그럼 무기모토 산포 씨는 내년에도 이곳에서 근무 지속을 희망하는 걸로 괜찮습니까?"라고 어른스럽게 재확인했다. "네!" 산포는 스스로 생각해도 호탕하게 대답했다.

대답은 했으나, 장래의 꿈이니 야망이니 출세니 보람이니 뭐니는 일단 미뤄두고, 지금 산포는 카페의 매끈매끈한 벽에 비친 자기 얼굴을 바라보며 멍하니 핫도그를 먹고 있다. 맛있다, 최고야, 맛있어. 이 맛은 산포의 공복감 그리고 이 카페가 핫도그 재료를 제대로 쓴다는 점에서 유래하지만, 그뿐만은 아니다. 아주 약간의 죄책감에서 온 씁쓸함이 악센트가 되어 핫도그 맛에 깊이를 주었다.

산포가 현재 지닌 죄책감의 정체, 감추려 해도 소용없다. 다른 동물의 생명을 먹으며 살아간다는 것, 뭐 이런 장대한 의미는 절대 없다. 좀 더 리얼하게 현행범이다.

차가운 바깥 공기에서 도망치듯이 들어온 카페에서 우아하게 따뜻한 티와 핫도그를 즐기며 안락하게 쉬는 산포, 사실은 현재진행형으로 땡땡이치는 중이다. 무엇을? 일을.

제대로 일어났고 제대로 옷을 갈아입고 제대로 집을 나섰다. 그러나 늘 이용하는 역까지 걸어가서 개찰구를 지나 전철을 기다리는 줄에 선 시점에서, 산포는 자기 마음과 진지하게 마주했다. 그리고 한 가지 결론을 얻었다.

아, 출근하기 싫다.

산포도 아무렴 어른이니 그런 생각이 들어도 매일매일 근성이나 타성이나 타산을 구사해 출근하지만, 오늘만큼은 가기 싫은 마음이 평소와는 비교도 안 되게 컸다.

그래도 제대로 전철을 타긴 했다. 그런데 칭찬해줘, 누가 좀 칭찬해달라고, 같은 생각에 멍하니 잠겼다가 멍하니 내려야 할 역을 지나 멍하니 몇 개의 역이나 더 가서 처음 와본 역에 내리고 말았다. 저질렀다! 1초 후에 허둥거릴 자신을 상상한 산포였는데, 10초가 지나도 그러지 않았다. 마음속에 어떤 묘한 각오가 피어나 정신을 차리고 보니 직장에 전화해 코를 움켜쥐고 말했다, 캄기 컬려써여.

저질렀다! 산포는 이렇게 되지 않았다. 들키면 사수인 누님께 혼쭐날 테니 공포에 질리면서도 한 건 했다네, 우히히 하고 무법자처럼 긍정적인 기분이 들어 순수하게 고양됐다.

좋아, 땡땡이를 쳤으니까 얌전히 집에 돌아가면 아깝지. 얼떨결에 내린 모르는 역 주변을 탐색해도 괜찮지만, 오늘은 일을 마치고 시내로 나가 대형 서점에 들를 생각이었다. 우선 그 목적을 달성하려고 산포는 계획을 세웠다. 타이밍 좋게 온 전철을 타려는데, 아까까지만 해도 그냥 상자로 보였던 전철이 위험한 임무를 맡은 자신을 태워주는 호송차처럼 보였다. 선두 차량에서 고개를 내민 차장에게 가볍게 경례. 잘 부탁하겠소.

각오는 했다. 그러나 출근할 때 늘 내리는 역에 전철이 멈췄을 때는 그럭저럭 긴장했다. 지금 내리면 다소 지각한 걸로 끝나지 않을까? 앗, 아니지, 감기 걸렸다고 거짓말했는데 아무 일 없다는 듯이 출근하면 어떡해, 계속 코를 움켜쥐고 있을 수도 없잖아. 갈팡질팡 오른발을 문을 향해 내디뎠

다가 물렀다가를 반복하는 사이, 운명의 문이 닫혀 산포는 다시금 각오를 다졌다. 땡땡이쳤다는 실감이 좀 더 현실감을 띤 탓에 아까보다도 소극적인 각오이긴 했으나.

그 각오에 열량을 빼앗겼는지, 목적한 역에 도착한 시점에 산포는 지쳐서 서점을 들르기 전 먼저 쉬기로 했다. 역 앞 번화한 곳에 있는 카페에 들어가 따뜻한 홍차와 무의식 중에 핫도그도 시켰다. 그렇게 만족스러워진 지금이다.

우유와 설탕을 담뿍 넣은 따뜻한 홍차를 홀짝홀짝 마셨다. 스트레이트도 좋아하지만 추우면 달콤함 쪽으로 가게 된다. 추운 탓인지 카페 안에 사람이 많았고, 벽 쪽에 앉은 산포 옆에는 뭔가 일 이야기를 하는 듯한 회사원 둘이 앉아 있었다. 저를 대신해서 일 열심히 하십쇼, 그렇게 생각하며 목에 걸린 죄책감을 따뜻한 차로 꿀꺽 넘긴다. 꾸르르륵.

좋아, 이로써 잘 삼켰을 테니 자리에서 일어나 화장실에 갔다가 돌아왔다. 따뜻한 카페와 차와 핫도그로 제법 회복한 HP를 느낀 산포는 빈사 상태인 사람이 들어왔을 때를 위해 자리를 비워주기로 했다. 영웅이라도 된 기분으로 일어나다가 코트 자락이 걸려 자칫 식기 변상이라는 대참사를 저지를 뻔했으나 아슬아슬하게 회피. 히에엑, 위험했다. 그러나 일상적으로 이런 실수를 반복해온 산포, 아무 일 없었다는 듯이 점원들에게 아무것도 아닙니다만이라는 표정을 짓고서 카페를 나섰다. 더군다나 등 뒤로 점원들의 감사 인사까지 받았다.

밖은 역시 춥다. 목을 움츠리고서 걷기를, 인도를 나눈 네모난 보도블록 다섯 개분, 따뜻한 홍차로 삼켰을 죄책감이 아직 목에 걸린 것을 문득 깨달았다. 산포는 큼큼 헛기침을 했다. 물론 정말로 목에 걸리지 않았으니 의미는 없다.

두 번이나 각오를 다졌으면서 산포는 여전히 일을 땡땡이친 것에 께름칙함을 버리지 못했다. 평범하게 표현하면 찜찜함, 다만 산포는 그 찜찜함에 약간 점착성을 느끼므로 께름칙함. 어쩌면 아까 홍차 잔을 떨어뜨릴 뻔한 것도 천벌일지 모른다는 쓸데없는 생각까지 들기 시작했다. 자기가 평소 비슷한 실수를 하도 저질러서 몸에 익힌, 아무것도 아닙니다만이라는 표정은 모르는 척이다.

이미 땡땡이친 것은 인제 와서 어쩔 수 없다고 머리로 생각하면서 절충하지 못하는 마음도 무리해서 학 모양으로 접어버리고, 산포는 원래 목적한 대로 서점에 갔다.

산포는 대형 서점을 좋아한다. 집에서 걸어갈 수 있는 아담한 동네 서점도 좋아하는데, 시내에만 있는 아주아주 큰 서점도 좋다. 한 층을 전부 써서 책장을 늘어놓은 이 장소.

이렇게나 책이 잔뜩 있다니, 나는 분명 여기 있는 책의 절반도 못 읽고 죽을 것이라고 절망했던 자신과는 10년쯤 전에 헤어졌다. 지금은 모르는 책이 이렇게 잔뜩 있다는 사실이, 이 세계를 자신만의 시선으로 보는 것이 아니라는 증명 같아서 산포의 안도감을 지켜준다. 그러나 책장은 안도감은 줘도 죄책감을 불식해주진 않았다.

책에 둘러싸이면 괜찮을 줄 알았는데 그렇지 않았다. 시간이 지날수록 죄책감은 그 모습을 키워갔다.

아까부터 끌어안고 있는 성가신 이것, 실은 최선을 다해 일하는 선배들에게 거짓말을 하고 땡땡이를 친 죄책감은 아니다. 그게 아니라 그런 짓을 해버린 자신을 질색하는 자기 자신에게 느끼는 죄책감. 사실은 이쪽이 더 성가신데, 이런 유형의 죄책감은 자신만을 집중적으로 공격한다. 심지어 배까지 아픈 것 같다. 산포는 언제나 책에 둘러싸여 일하므로 서점에서 오면 화장실에 가고 싶어지는 징크스는 아니리라. 으에엑.

이거 안 되겠다. 돌아가자. 얼른 책을 사서 돌아가자. 환자답게 있어야지. 거짓말이지만.

풀이 죽어 그렇게 생각하는 한편, 모처럼 땡땡이쳤으니까 땡땡이친 의미가 있는 일을 해야 한다는 알 수 없는 책임감이 산포 안에서 피어났다. 의미 있는 일을 하면, 그러려고 쉬었다고 주장할 수 있다는 잘못된 책임감이다. 그런 이유로, 산포는 절충안으로 평소보다 서점에 오래 머무는 소극적인 오락을 즐기기로 했다. 아무래도 영화관에 갈 용기는 없었다. 그럴 용기가 있었다면 산포의 땡땡이는 일시적인 피로나 울분이 행동으로 폭발했을 뿐이라고 여기고 자기 혼자 무덤까지 가지고 갔을 텐데.

신이란 대체로 과감하게 마음먹는 자의 편이다. 그렇다면 과감하게 행동했는데 심술을 부리는 신은 대체 뭐 하는 신일지 산포는 의문이었는데, 아마도 다른 신이겠지. 아쉽다.

어쨌든 이번 일만큼은 기왕에 땡땡이를 쳤으니 산포도 과감하게 행동하는 편이 나았다. 그랬다면 죄책감이 차츰차츰 쪼그라들어서 자기 혼자 결론을 냈을지도 모르는데.

내일이 더 가기 싫어, 아아 심장이 뛰어, 이러다가 잠 못 자면 어떡하지 쿨쿨, 이불 속에서 산포가 어이없게 실컷 잔 후의 아침은 휘황찬란하게 맑아 출근하기 좋은 날이었다. 쌀쌀한 공기가 햇빛을 아름답게 퍼뜨리는 광경을 보며 산포는 "네네, 프리즘 프리즘" 하고 의미 모를 혼잣말을 도로에 내뱉으며 출근했다.

땡땡이친 다음 날 출근이 무지막지 싫은 건 사실이지만, 산포도 어른이니 또 안 간다는 선택지를 고르지 않는다. 지나간 일은 지나간 일로 넘기고, 오늘부터는 최선을 다해 일하겠다는 의욕쯤은 지녔다. 죄책감을 풀어낼 방법을 긍정적으로 고심한다.

일단 어제의 거짓말이 들키지 않도록 그제보다 두툼하게 입고 마스크를 썼다. 껴입은 옷은 그렇다 쳐도 마스크는 불편해서 싫지만 어쩔 수 없다.

전철을 타고 오늘은 제대로 평소 내리는 역에서 내렸다. 개찰구를 지나 터덜터덜 대학까지 걸어가 도서관의 아직 열리지 않은 자동문을 수동으로 열었다가 닫았다. 교활한 산포는 이 시점부터 연출 도입을 잊지 않는다. 콜록, 콜록.

관계자 전용문을 열고 안으로 들어가자, 탈의실 안쪽 직원용 휴게실에서 이상한 선배가 혼자 스마트폰을 보고 있었다. 산포를 알아차린 선배가 "좋은 아침" 하고 평소와 같은 인사, 분명히 이 선배 어제는 근무하는 날이 아니었다고 생각하면서도 교활한 산포는 만약을 위해 한 번 더 기침을 한 후, 평소보다 작은 목소리로 "안녕하세요" 하고 인사했다. 그 즉시 이상한 선배가 "응?" 하고 의문 어린 목소리를 내서 산포는 앗싸, 상태가 안 좋은 걸 알아줬나보다 생각하며 이어지는 한마디가 "감기야?"이기를 기대했다.

"산포, 감기야?"

일이 이렇게 잘 풀리다니, 죄책감과 성취감이 뒤섞여 용처럼 비상하는 광경을 상상했는데, 산포 마음속의 용 두 마리는 모두 격추당했다.

"어제는 건강해 보였는데~."

"……네? ……어제, 어혀억."

"여행?"

아니다. 어떻게라고 말하려고 했는데 어혀억이라고 버벅댔고 이어서 말문이 턱 막혔다. 이거야 헷갈릴 법도 하다.

"어제, 어어, 저는."

"서점에 있었지? 어제 나도 휴일이라 거기 서점에 갔었어. 책을 보면서 뭔가 표정이 데굴데굴 바뀌고 중얼중얼 혼잣말하고 있어서 무서우니까 말은 안 걸었지만."

선배는 평소의 이상한 느낌으로, 부끄러운 모습을 목격했으니까 얼른 부끄러워하라는 표정을 짓고 입술만 올려 웃었다.

사실은 산포도 평소의 허둥거리는 느낌으로 그렇게 하고 싶었다. 아니, 평소 같았으면 그 모습을 보고도 말을 안 걸

다니 이 인간 너무하네, 라고 생각했겠지만, 오늘만 한정한다면 부끄러워하는 편이 나았다.

맙소사. 들켰다니, 땡땡이 현행범을, 그것도 건강한 모습을, 이거 큰일이다.

게다가 아직 내가 땡땡이친 줄 모르는 것 같아. 어쩌지, 어쩌면 좋아, 어떻게 해야 입막음할 수 있지? 다른 사람인 척? 뇌물? 없애버려?

일단은.

"어, 사, 사하하아, 사람 잘못 보신 거 아닐까요?"

"웃는 거야, 더듬는 거야? 아니, 몰랐어? 나 한 번은 바로 옆을 지나갔는데."

이거 큰일이다. 불행 중 다행은, 어제 시점에서 선배의 존재를 깨달았다면 서점에서 완전히 패닉을 일으켰을 테니 그걸 피해서 다행이다. 그러나 어제 깨달았다면 어제 중에 얼버무릴 수 있었을지도 모른다. 결국 어느 쪽이 나았을까.

"어제 산포랑 내가 쉬었으면 누가 출근한 거지?"

이상한 선배가 중얼거리며 책상 위의 근무표에 무심히 손을 뻗었다.

진짜로 큰일이다. 어떡해.

고민하는 사이 초침은 움직인다. 뭔가 아이디어를 내기

까지 이상한 선배가 기다려주기를 산포는 기대했으나, 아무래도 오늘은 게임으로 말하면 강제 횡스크롤 스테이지처럼 꼼짝도 못 하고 곧장 골짜기로 떨어지는 사양인가 보다.

"안녕하세요."

게임 오버. 등 뒤의 문이 열리는 소리와 이 목소리는, 누님.

"산포, 감기는 괜찮아?"

"응?"

등 뒤에 선 무서운 선배의 염려와 눈앞에 있는 이상한 선배의 의문부호. 앞문에서 어쩌고 뒷문에서 어쩌고를 떠올리려고 했으나, 울상인 산포의 머리로는 생각이 안 났다. 호랑이랑 늑대였나.(전호후랑[前虎後狼], 앞문에서 호랑이를 막으니 뒷문으로 늑대가 들어온다는 사자성어—옮긴이)

어느 쪽, 어느 쪽부터 대응해야 하지, 망설이고 망설인 끝에 산포는 일단 재빠르게 뒤를 돌아 무서운 선배에게 인사하고, 이어서 "어제는 죄송했습니다, 덕분에 거의 나았어요"라고 아팠던 사람답지 않게 속사포로 보고했다.

그리고 앞을 보았다. 금단의 근무표를 이미 봤으리라. 의아한 표정을 지은 이상한 선배를 향해 전력의, 혼신의, 전신전령의, 영혼의 마음을 언어와 눈물 머금은 눈에 담아 말했다.

"저, 어제는 감기여서 쉬느라, 병원에 다녀왔거요."

도중에 '든'은 어디다 빼먹었다. 어쨌든 주장하려는 것은 단 하나, 병원에 갔다가 돌아오면서 잠깐 서점에 들렀을 뿐이니까, 수상한 점은 없으니까 이야기를 지나치게 퍼뜨리지 마세요. 하나라기에는 상당히 장문이지만, 거짓 없는 산포의 바람이다.

사실은 당장 사과할 수도 있었을 테고 그쪽이 얕은 상처로 끝났을 가능성이 충분히 있으며, 당연히 그쪽 길을 산포도 고려했다. 그치만 그치만 그치만 그치만. 만에 하나라도 정직하게 사과할 때보다 상처 없이 끝날 가능성이 있다면 그쪽에 걸고 싶은 게 인간 본성. 오락실에서 메달 게임을 하다가 좀 땄다 싶으면 흥분해서 더블 업 게임에 도전하곤 하는 산포의 업보.

그러다가 결국에는 땄을 것까지 잃는 사람이 산포인데 오늘만큼은 산포의 진심이 통했는지 혹은 앞에 있는 사람이 어른스러운 덕분인지, 아니면 또 다른 이유에선지 사태가 그리 나쁘지 않은 방향으로 흘러갔다.

"그랬구나, 그럼 아직 방심하면 안 되겠네~!"

이상한 선배가 무서운 선배에게도 들릴 음량으로 말해줬다. 산포는 입 밖으로 내진 않았으나 머릿속으로 자기가 할 수 있는 가장 달짝지근한 목소리로 “서언배애” 하고 감사하는 마음을 표현했다. 겉으로 드러내진 않는다.

이걸로 그럭저럭 안심이다, 선배들도 이해해줬고 하며 안심한 것도 잠시, 산포의 인생이 그리 잘 풀릴 리가 없다.

이상한 선배가 평소의 감정을 잘 읽을 수 없는 미소 그대로 산포 앞까지 스르륵 다가오더니, 이번에는 무서운 선배에게는 절대 들리지 않을 음량으로 살며시 산포의 얼굴에 입김처럼 내뿜었다.

“과연. 산포도 약은 짓을 할 줄 아는구나.”

약은 짓.

받아 든 이상한 선배의 말을 우물우물 곱씹는다.

맛을 확인해서, 삼키기 힘들지만 삼키고 배에 든든히 들어간 것을 확인하자 산포는 곧 그 말이 배에 좋지 않다는 것을 깨달았다.

약았다.

남에게 듣고서 실감했다.

알고 있는 것과 실감하는 것은 비슷한 듯 다르다.

그렇다, 약은 짓을 했다.

산포는 말을 배에서 역류시켜 토해낼 수 없었다. 어쩌면 방법이 있을지 모르나 산포는 할 줄 몰랐다.

우에엑.

다시 돌아왔다. 어제보다도 더 커져서. 죄책감. 배가 금세 아프기 시작했으나 산포는 감기 탓처럼 보이려고 했다. 성공했다.

산포는 「빨간 모자」에 나오는 늑대의 감정을 맛보았다. 즉 배에 돌이 가득 든 것 같은 묵직함을 느낀 지 벌써 닷새. 도중에 하루 휴일이 끼었는데도 불구하고 산포의 상태는 전혀 나아지지 않았다. 전부 꾀병으로 쉰 그날 일이 원인이었다. 이럴 줄 알았다면 착실히 출근했을 거라고 후회해도 때는 이미 늦었노니. 지나간 시간은 되돌아오지 않고, 이상한 선배 이외 전원은 산포가 감기였다고 인식하고 있다. 이젠 돌이킬 수 없다.

"산포, 감기는 이제 괜찮아?"

다정한 선배가 말을 걸었다. 모순적으로 그 말이 산포의 마음을 더욱 가라앉혔다. 산포는 간신히 미소를 꾸며 대답했다. "이제 괜찮아요." 목소리 음역이 약간이지만 낮은 것을 알아차리고, 이러면 안 되니까 기운을 내려고 식당에서 점심을 배불리 먹었으나 안 되겠다. 돌이 든 배는 다른 배였다.

이상한 선배는 그 후로도 평범하게 대해준다. 당연히 둘만의 비밀인 산포의 약은 짓을 알고 있으니까 공갈하거나 협박하리라고, 이 두 가지는 산포의 피해망상일 뿐이지만 뭐가 됐든 액션을 보일 줄 알았다. 그런데 이상한 선배는 평소의 이상한 선배 그대로, 약은 짓과는 전혀 상관없는 일로 산포를 괴롭히고 놀렸다. 협박이나 공갈은 없었다.

그게 불길해서, 솔직히 말하면 싫어서 산포는 자기 혼자 께름칙한 감정 속에 갇히고 말았다. 여전히 점착성이다.

시간이 해결해준다거나 내일은 내일의 태양이 뜬다거나, 그렇게 기대하고 다섯 번 자고 다섯 번이나 각성했으나 1분 후에는 그 일이 생각나 위가 얹혔다. 우에엑.

어떻게 좀 안 될까, 이미 다 틀렸는지도 몰라, 나는 평생 이 죄를 짊어지고 살아주겠노라, 으하하.

될 대로 되라고 굴어보지만 어디까지나 겉 포즈만 그럴싸하다. 그냥 다 팽개쳐버리면 될 것을, 이상한 데서 착실한 산포는 여전히 괴롭기만 했다. 역시 신은 과감하게 마음먹는 자의 편이다.

오늘도 일을 마치고 집에 돌아와 평소와 똑같은 양의 밥을 먹고 평소와 똑같이 맛있다고 느꼈고, 텔레비전을 보고 책을 읽고 목욕을 하고 잠자리에 들었다. 옆에서 보기에 다소 차분하긴 해도 평소와 그다지 다를 바 없는 산포이고, 산포 자신도 특별히 생활이 달라졌다고 생각하지 않았다. 예를 들어 음식의 맛을 못 느낀다거나, 뭘 봐도 웃음이 안 나오거나 하지는 않았다. 그저 어딘가, 맛있다고 생각하거나 재미있다고 생각하는 자신은, 죄책감을 안고 있는 자신을 위로하기 위해 긍정적인 감정을 몸 안에 들이려고 기를 쓰고 노력하는 자신이 아닐지 의심하게 된다. 맛도 재미도 어딘지 남의 일 같아서 다른 사람을 위한 것처럼 여겨진다. 사실은 그렇지 않을 텐데. 그런 식으로 여겨지는 이유는, 약은 짓을 한 자신과 진짜 자신은 다른 인간이라고, 절대로 같은 생물이 아니라고 믿고 싶기 때문이다. 적어도 산포는 그렇게 생각했다. 지지부진한 고민은 산포의 심장을 차츰차츰 옥죄었다. 죽지는 않는다, 아주 조금 상태가 안 좋아질 뿐. 정말로 아주 조금, 평소 상태를 둥근 피자에 비유한다면 지금 산포의 상태는 16등분 되어 조각 하나를 잃어버린 피자 정도일 뿐이다. 그러니 산포 자신도 아무렇 괜찮다는 표정을 유지했다. 도움을 요청하지 않는다.

그러나 그것도 어제까지 이야기다.

엿새째 아침, 잠에서 깨자마자 산포는 그렇게 생각했다. 여전히 입이 조그만 팩맨 같은 소심한 심장을 가슴에 지닌 채, 산포는 이대로 있어도 해결되지 않는다는 사실을 드디어 깨달았다. 늦었지만 깨달은 것에 의미가 있다.

산포는 입이 조그만 커비(닌텐도사의 게임 캐릭터—옮긴이) 같은 소심한 표정으로 잽싸게 일어나 한 가지 결심을 굳혔는데 이렇게 말하면 과장이리라, 결심이라기에는 비교적 소극적인 마음을 품고 일하러 가려고 몸단장을 시작했다. 잽싸게 일어난 이유는 약간 지각할 것 같아서다.

슈퍼 할인으로 96엔에 산 고급 크림빵을 입에 욱여넣고서 산포는 역으로 가는 길을 걸었다. 뭐가 고급인지는 도통 모르겠으나 봉지에 그렇게 적힌 크림빵은 오늘도 맛있었, 을 것이다. 그걸 먹는 게 자신을 위해서가 아니라는 기분이 또 들었다. 내 크림빵을 돌려줘, 고급이란 말이야.

개찰구를 지나 전철을 타고, 전철에서 내려 개찰구를 지나 직장으로. 이곳에 다니기 시작한 지 이제 곧 2년. 전철역도 가깝고 환경도 좋아서 일하기 참 좋은 직장. 그래도, 아무리 좋더라도 일이니까 가기 싫은 날이 있고, 솔직히 말해서 매일같이 가기 싫다가 결국 감당이 안 됐던 그날은 도망쳐버린 셈인데, 그로 인해 상태가 나빠지면 의미가 없다. 무슨 수를 쓰고 싶다. 그러나 산포 혼자 해결하기에는 조금 어려웠다.

"산포, 좋은 아침."

"안녕하세요. 선배, 오늘 잠깐 시간 좀 내주실 수 있어요? 상담하고 싶은 게 있어서요."

문을 열고 얼굴을 마주하자마자 강하게 밀어붙이는 산포에, 운 좋게 혼자 있던 이상한 선배가 잠기운 남은 눈을 크게 떴다.

"뭐, 뭐야, 뭔데, 일 그만두게?"

"아, 아니요, 거기까지는…… 죄송합니다."

왠지 모르게 사과했다. 이거 혹시 가장 말하기 어려운 상담 내용을 먼저 예측해서 상담받지 않으려는 이상한 선배의 수법일까, 산포의 억측. 만약 그렇다면 선배의 작전은 성공 직전이었다. 산포는 겁먹을 뻔했다. 그러나 오늘만큼은 물러서면 안 된다, 이대로는 고급 크림빵을, 피자를 앞으로도 다른 누군가를 위해 먹어야 한다. 산포, 지지 않겠다.

"지금도 괜찮아."

"가, 가능햐면 조용히 부탁드리고 시픈데여."

두 번이나 버벅대기. 한 구절에 두 번 버벅대는 것은 산포에게도 실수다, 한 번은 일상.

"에이, 귀찮은데~."

아이, 금방 또 이런 소릴 하지.

"뭐 좋아, 알았어. 그럼 점심 같이 먹으러 갈래? 식당 말고 다른 데로."

"네, 네, 잘 부탁드립니다."

단둘이서 식사, 자기가 부탁해놓고서 산포는 살짝 긴장했다. 그러고 보니 다정한 선배나 무서운 선배와 둘이서 밥을 먹은 경험은 있는데 이상한 선배와는 처음이다. 잡아먹히면 어쩌지, 뭐 이상한 선배한테는 안 당하겠지만.

상담 약속을 잡은 묘한 긴장감, 또 그와 반대로 첫 번째 목적을 달성한 안도감에 휩싸여 흐물흐물해진 산포와 달리, 이상한 선배는 바람같이 휴게실에서 나갔다. 시계를 보니 업무 시작 1분 전. 산포는 황급히 컴퓨터로 출근 등록을 마쳤다. 위험했다.

성실하게 일하면 점심시간은 금방 온다고 누군가 말했던 것 같은데, 이때껏 그런 감각을 지녀본 적이 없다. 오늘도 그럭저럭 길다고 느낀 전반 업무를 종료하고 앗싸, 점심시간이다, 산포는 평소와 똑같은 기분으로 휴게실로 돌아와 앞치마를 벗었는데 곧바로 목덜미를 붙잡혔다.

"어이, 아가씨, 나 좀 잠깐 볼까."

놀라서 돌아보니 이상한 선배가 이상한 분위기로 등장. 옆에 있던 무서운 선배는 딱히 반응하지도 않고 묵묵히 앞치마를 벗었다. 너무 익숙해서다. 다른 때라면 조금은 말을 걸어주길 바랐겠으나 오늘은 이게 좋다. 목덜미를 붙잡힌 채로 사물함 앞까지 끌려갔고, 그곳에서 일단 각자 방한용 겉옷을 입었다. 이어서 이상한 선배에게 고삐를 끌려 도서관을 나왔다. 고삐는 당연히 비유다.

날이 추워 고개를 움츠리고 선배를 쫄랑쫄랑 쫓아가기를 8분 후, 도착한 곳은 외관부터 세련되어 보이는 카페였다.

"여기 와본 적 있어?"

"아니요, 없어요."

대학 근처지만 주변은 평범한 주택가, 데려와주지 않았다면 앞으로도 몰랐을 것이다.

"학생이나 도서관 사람들도 안 오는데 난 가끔 와."

겉으로는 무거워 보이나 실제로는 그렇지 않은 문을 열고 안으로 들어가자, 커피 향과 은은한 담배 냄새가 났다. 전체적으로 새하얀 가게 안에는 커피를 마시며 대화를 나누는 아주머니 두 명이 있을 뿐. 가게 BGM과 마찬가지로 목소리가 적당히 차분한 여성 점원이 창가 자리를 권해 둘이서 앉았다.

각자 메뉴를 펼쳐 보니 파스타와 샌드위치, 햄버그스테이크도 있어서 아까부터 계속 꼬르륵대는 산포 배 속의 밥

벌레가 환호성을 질렀다. 게다가 가격도 매우 양심적, 여기에는 산포의 지갑이 쾌재를 질렀다.

"정했어? 나는 채소 샌드위치."

"어, 어어, 그럼 저는 햄버, 아니, 어, 카레 필래프로 할래요."

욕망이 이끄는 대로 햄버그스테이크 세트를 시키려던 산포였으나, 양손에 나이프와 포크를 들고 우걱우걱은 상담하면서 할 행동이 아니라고 간신히 생각이 미쳤다. 위험했다. 카레 필래프라면 나은지는 잘 모르겠는데 숟가락만이라면 괜찮을 것 같다. 또한 어제 피자를 생각했으니까 카레 맛을 먹고 싶었다. 몬터레이 카레 맛(일본의 피자 브랜드 PIZZA-LA의 인기 피자 중 하나—옮긴이)이 산포가 제일 좋아하는 피자.

점원에게 두 메뉴와 음료를 주문하자, 속공으로 오렌지 주스와 아이스커피가 나왔다. 이야기 물꼬를 어떻게 틀지 고민할 시간을 조금만 주면 좋을 텐데, 산포는 살짝 생각했다.

점원을 탓할 수는 없다. 도착했으니 어쩔 수 없다. 자, 어쩌면 좋담. 산포가 입술을 삐죽이는데, 모난 돌이 정 맞는다, 가 아니라 이상한 선배가 종이를 뜯기 전인 빨대로 산포의 뾰족한 입술을 찔렀다. 가리킨 게 아니라 정말로 찔렀다.

"요전에 땡땡이친 일?"

자기 얼굴을 찌른 빨대도 잊고, 놀라서 곧바로 끄덕인 산포의 콧구멍에 빨대 끝이 들어갔다.

"뜨허억, 아, 죄송해요, 빨대 바꿀게요."

콧구멍을 찌른 선배의 빨대를 받고, 산포는 자기 빨대를 내밀었다. 찌른 건 그쪽이고 뜯기 전이었지만, 역시 자기 콧구멍에 들어간 빨대를 남이 쓰게 할 순 없다.

"응."

"그래서, 아, 네, 맞아요. 그날 일, 네."

"말 안 할 거야, 아무에게도."

이상한 선배가 자신만만해 보이는 평소의 웃는 얼굴로 고개를 끄덕이고, 이어서 "티 안 내고 있잖아"라고 티는 안 내지만 귀찮아 죽겠다는 목소리로 중얼거렸다.

긴장해서 산포의 몸에 힘이 들어갔다.

"아, 아니요, 입막음이나 그런 게, 아니, 지금 시점에서는 말 안 해주셔서 감사합니다만, 그게, 그 얘기를 하려는 게 아니라."

"그럼 뭔데?"

"저기, 저는 선배들한테 솔직히 사실을 털어놔야 할까요? 저기, 그걸 상담하고 싶어서요."

말했다, 제대로 말했어. 일단 지금 진지하게 고민하는 문제를 말했다.

산포는 생각했다. 자신 안의 이 께름칙함은 죄책감 때문이다. 그렇다면 솔직히 털어놓아 죗값을 치르면 진정되지 않을까? 분명 그럴 것이다.

그렇다면 과감하게 털어놓고 사과하면 될 텐데 그러지 않는 이유는, 털어놓는 것이 옳은 일인지 의문이 있어서다.

죄를 털어놓고 혼나서 후련해지고 싶다니, 너무 자기 위주 아닌가. 사람은 화를 낼 때 체력과 정신력을 쓴다. 만약 산포를 새롭게 미워하게 될 직원이 있다면, 산포는 그 사람에게 남을 싫어하는 에너지를 쓰게 한 셈이다.

혼나고 미움받는 게 두려우니까 밝히기 싫은 자신도 거짓은 아니다. 그러나 동시에 제대로 혼나고 싶고 착한 애가 아니라고 낙인찍히고 싶고, 그 결과 후련해지고 싶은 자신도 있다.

양쪽 다 자기 위주일까, 고심해봤으나 산포는 모르겠다. 모르겠으니까 유일하게 그날 일을 공유한 선배에게 상담하고 싶었다. 그때, 산포의 약은 짓을 일단은 못 본 척 넘어가 준 선배에게.

산포는 그걸 간추려서 더듬더듬 설명했다. 필사적으로

최선을 다해, 대답을 듣고 싶어서.

이야기를 들은 선배는 아이스커피를 빨대로 한 번 쭉쭉 빨아들이고, 조언해주기에 앞서 한 번 한숨을 내쉬었다.

"어느 쪽이든 괜찮지 않아?"

"어느 쪽이든……."

"너 하고 싶은 대로 하면 되잖아~."

"그건 그렇지만여……."

버벅댔다.

기대했던 것과 다른 이상한 선배의 적당한 대꾸에, 산포는 '어라? 상담 상대를 잘못 골랐나? 역시 평소 속으로 이상한 선배라고 부르는 사람에게 상담할 일이 아니었나?' 하고 생각했으나, 겨우 이 정도 대화로 판단해버리면 너무 실례이니 캐치볼을 시도했다.

"어느 쪽으로 하고 싶은지 모르겠어요."

"그런데 그때는 땡땡이치고 싶다고 생각해서 땡땡이를 쳤잖아?"

"읏, 네."

"그리고 혼나기 싫어서 거짓말을 했고."

"으, 으읏."

우에엑. 배가 아프기 시작했다.

"그럼 그걸로 됐잖아? 딱히 곤란한 사람도 없었고, 그날은 인원이 부족했어도 개교기념일이어서 이용자가 거의 없었을걸?"

사실 그렇다. 솔직히 그런 계산도 있었다. 그러나 그리 단순한 문제가 아니다. 산포가 정말 괴로운 것은 다른 사람에게 실질적인 해를 끼친 것이 이유가 아니므로.

"반성하고 있으니까 굳이 고민 안 해도 돼."

"제가 저 자신을 질색하는 걸 어떻게든 하고 싶어서."

그러니까 그래, 다른 사람에게 혼나고 싶은 마음도, 자기 자존심과 주변 평가의 수지 결산을 맞추고 싶을 뿐이다. 그 균형이 잡혔을 때, 사람은 후련해진다. 자신을 천재라고 생각할 때 누군가 칭찬하고 칭송해주면 후련해지는 것처럼. 산포가 자신을 천재라고 여겼을 때 주위 평가도 따라오는 일은 거의 없지만.

"어떻게 하면 좋을까, 싶어서."

요령 없는 산포의 고민을 들어준 선배는 머리를 끌어안은 산포를 앞에 두고 푸흡 가볍게 웃음을 터뜨렸다.

그에 반응해 산포가 이상한 선배의 얼굴을 빤히 보자, 선배는 웃으면서 "어쩔 수 없네"라고 중얼거리더니, 이번에는 귀찮다는 태도를 전혀 감추지 않고 콧등을 긁적였다.

"있잖아."

"느에에."

"산포, 스스로 자기 자신을 질색한다고 말했는데."

말하는 도중이지만 산포는 그렇다고 고개를 끄덕였다. 선배가 뭔가 자신에게 없는 새로운 발상을 줄 도움닫기에 들어갔다고 짐작했기 때문이다.

"네, 맞아요."

"괜찮아~."

모두 산포를 많이 좋아하니까?

"산포가 자신한테 질색하는 것보다 내가 더 산포를 질색하니까~."

우물우물 우물우물.

"……응?"

우물우물, 꿀꺽. 우에엑.

선배의, 이상하고 특이하지만 일을 시작한 후로 늘 웃는 표정으로 이것저것 가르쳐준, 알고 보면 평범하게 좋은 선배였던 그녀의 조언.

산포는 꼭꼭 씹어 삼켜서 일단은 나름대로 소화할 방법을 찾았다.

"그, 그건, 아아, 그래도, 네, 약은 짓은 그, 그건 질색하셔도."

"아니, 그게 아니야."

아, 아니구나. 이상한 선배는 씁쓸하게 웃으며 손을 얼굴 앞에서 옆으로 흔들었다. 소화불량.

"네가 도서관에 입사한 후로 계속 너를 질색했어."

"흐에에."

"몇 번을 혼나도 똑같은 실수를 하는 점이나 묘한 사고 회로로 행동해서 폐를 끼치는 점이나 또 매번 넋을 빼놓고 있는 점이나 그리고 다른 애들이 너를 마음에 들어 하는 점이나, 뭐 이건 그 녀석들을 질색하는 거지만."

아, 혹시 이건.

산포 마음속에 이상한 선배의 말 뒷면에 있는 감정을 기대하는 마음이 싹 텄다.

"참고로 이건 사랑을 담은 심술이 아니야."

아, 아니구나.

"네 그런 점이 귀여워서 어쩔 줄 모르는 그 호랑이 교관 같은 애도 있지만, 나는 아니야. 대놓고 말해서 너 같은 애, 안 좋아해."

"아, 안 좋아한다."

"그래."

"싫은 것도, 아니다?"

"글쎄, 어떨까?"

이런 잔혹한 퀴즈가 있을까. 자, 문제입니다, 앞에 앉은 직장 선배는 나를 싫어할까요? 렛츠 싱킹.

"자, 자자자자, 잠깐만요."

누가 재촉하지도 않았는데 산포는 타임을 외쳤다. 때맞춰 카레 필래프도 나와서, 진정하기 위해서 일단 잘 먹겠다고 하고 한 입 덥석 먹었다. 진정이 되겠냐.

어, 뭐데, 이 이야긴. 내 상담은?

왜 갑자기 호불호 이야기람?

터놓고 말해 산포는 자신이 만인의 사랑을 받을 인간이 아닌 줄 이미 알고 있다.

누군가에게는 나사 빠진 성격이 기분 나쁠 테고, 또 다른 누군가에게는 낯을 가리는 주제에 때때로 대담한 행동에 나서는 점도 재수 없을 것이다. 자주 말을 버벅대는 점을 두고 계산적이라는 소리를 들은 적 있고, 넘치는 식탐도 꼴불견이란 소리를 들은 적도 있다. 얼굴도 목소리도 헤어스타일도 키도, 자신의 어떤 요소를 생리적으로 못 받아들이는 사람도 분명 있으리라. 사람은 사람을 무조건 좋아할 수 없다. 산포는 잘 안다. 물론 도서관 내에서도 자신을 좋아하지 않는 사람이 있을 줄 짐작했다. 사회인이니까 평범하게 대해줄 뿐인 사람이 있을 줄 알았다.

아무리 그래도 그걸 본인 앞에서 당당하게, 심지어 앞으로도 기본적으로 가깝게 지내야 할 상대에게 말하나, 속을 모르겠다.

게다가 도대체 지금 한 이야기와 무슨 상관인데?

산포는 한 가지, 그다지 좋지 않은 해답에 도착했다.

"어, 그럼 싫으니까 저보고 당장 도서관을 그만두라는 건가요? 땡땡이쳤으니까."

과연, 이상한 선배가 아침에 했던 말은 복선인 셈이다.

"아니, 그건 아니야."

또 아니구나.

"어, 그럼, 왜, 갑자기 저를 좋아하지 않는다는 말을?"

당혹감이 조금씩 마음속에서 어딘가로 빠져나갔고, 거기에 역시 조금씩 공포가 스며들었다. 알고 있어도 무섭다. 산포는 무섭다. 미움받는 것이. 아까 이상한 선배가 다른 직원들은 산포를 마음에 들어 한다고 말해줬다. 그러나 호감을 받는 기쁨은 미움을 받는 공포를 희석해주긴 해도 사라지게 하진 않는다.

이상한 선배는 카레 필래프와 함께 도착한 채소 샌드위

치를 한 번 야금 먹고서, 안달 나게끔 하는 말투로 "그건 말이지" 하고 운을 띄웠다.

"종알종알 아무래도 좋은 일로 고민하고 불러낸 네가 지긋지긋해서?"

"으에에."

"그런 것도 있고."

두 번 야금.

"약아빠진 게 그렇게 나쁜 것만은 아니라고 말해주고 싶었어. 나는 확실히 널 좋아하진 않지만, 만약 언젠가 너를 좋아하게 되어서 그렇게 된 타이밍을 묻는다면 그날이었다고 대답할 거야, 네가 거짓말을 하고 내게 공범자가 되어달라는 눈빛을 보낸 날."

그런 눈빛이었나. 아마 그랬으리라. 아니, 그건 됐고, 좋아하게 된 타이밍이라는 말에 산포는 귀와 뇌와 마음을 빼앗겼다. 왜지?

"약은 짓을 자각해서 잘할 수 있는 애란 걸 알고 안심했어. 그전에는 나, 네가 이른바 천연(천연[天然], 분위기 파악 못하고 순진무구하며 실수를 잘 저지르는 성격을 뜻한다—옮긴이) 같은 애인 줄 알았거든. 뭐, 천연이라는 말 자체를 싫어하지만."

"그, 그건 저, 저도 그래요."

싫다는 강렬한 심리까지는 잘 모르겠지만, 산포도 그 말을 그다지 좋아하지 않는다.

이유는, 이상한 선배가 생각한 것처럼, 살아오면서 수없이 천연 천연 소리를 들어왔기 때문이다. 적어도 자신은 제대로 생각하며 살고 있는데. 절대로 어떤 신이나 정령의 계시를 들으며 살지 않는다. 뭐가 천연이야, 우리는 모두 아버지와 어머니가 만든 인공물이잖아, 라고 대학 시절 술자리에서 취해서 무심코 말했다가 분위기가 썰렁해졌던 이래 두 번 다시 입 밖에 내진 않지만, 지금도 틀린 말이 아니라고 생각한다.

약은 짓을 자각해서 할 수 있는 점에 안심했다. 그리고 천연이 싫다. 그 말은, 자각해서 약은 짓을 할 수 있는 후배는 천연이 아니니까 좋아해줄 수 있다는 소리일까…….

그렇다면 자각해서 약은 짓을 저질러놓고서 끙끙 고민하는 심리는 대체 뭘까. 산포는 입가에 음식을 묻히고 고개를 좌우로 갸우뚱했다.

"앗."

"왜 그래?"

"그럼 그건, 그때 약은 짓을 할 줄 안다고 선배가 말했던 그거.”

괴롭히려고 한 말인 줄 알았다. 너는 약아빠진 인간이라고 단단히 경고하려고 한 말인 줄 알았다.

“그런 말을 했었나? 뭐, 신기해서 그랬겠지.”

그랬구나. 산포는 안심하다가 선배의 말은 계기에 불과하다는 것을 금방 깨달았다. 천연이 아니었다고 해도, 자각해서 했다고 해도 자신이 약은 짓을 한 것은 변하지 않는다.

“그렇다고 약은 짓이 나쁘지 않다는 건.”

머릿속에서는 논리가 잘 서 있으므로 대화가 성립하지 않아도 산포는 불필요하게 ‘그렇다고’나 ‘그치만’을 사용한다. 천연이어서가 아니다. 대화에 서툴 뿐.

“약은 짓은 역시 나쁜 짓이 아닐까, 생각해요.”

그렇다, 그렇지 않으면 지금까지 약아빠진 짓을 한 사람들을 마음속이긴 해도 욕했던 것이 뭐가 되느냔 말이다.

“그럼 뭐 나쁜 짓이어도 괜찮아.”

태도를 빨리도 바꾸는 선배. 그러니까 좋아하지도 않는 후배를 저렇게 즐거운 듯이 대할 수 있겠지. 회상하는데 아, 조금 울 것 같다. 그러나 열심히 회상해보니 소소하게 그런 예감이 드문드문 있었는지도 모르겠다. 그러고 보면 이상한 선배와는 직장 밖에서 대화한 적이 없다. 무슨 생각을 하는지 이해한 적이 한 번도 없다.

"다만 내 생각에는, 산포는 천연이 아니더라도 훨씬 더 약은 짓을 맨날 하는 것 같은데."

"응, 네?"

그게 뭐람.

훨씬 더 약은 짓? 땡땡이치고 몸이 아프다고 거짓말을 해서 직장 사람들에게 걱정을 끼친 것보다 더 약은 짓. 그걸 맨날 하고 있다는 소리에 산포는 고개를 갸웃거렸다.

약은 짓. 쓰레기를 버려야 하는 날보다 일찍 내다 버린 거? 슈퍼에서 유통기한이 많이 남은 상품을 고르는 거? 일할 때 가끔 안 보이는 곳에서 스마트폰을 들여다보는 거?

생각해보니 비교적 약은 짓을 해온 것 같으면서도 전부 훨씬 더 약은 짓이라고 단언하기에는 어렵고, 맨날 그러지도 않는다.

"모르겠어?"

"아, 네."

"지금까지 살면서 산포니까 용서받은 적이 있지?"

산포, 니까.

"그게 약았어."

산포는 생각에 잠겼다.

그런 적이 산포에게는 있다. 그것도 여러 번, 셀 수 없이. 천연이라는 소리와 어느 쪽을 더 많이 들었는지는 모르겠으나, 들은 적이 있다고 기억할 정도로는 있었다.

뭐야, 늦었잖아, 하긴, 산포니까~.

프린트 깜박했어? 산포니까 그럴 수 있겠다고 생각해서 미리 많이 받아놨어.

이번 간사는 산포니까 다 같이 도와주자. 오케이~.

분명히, 있다. 면목 없다고 생각하긴 했다. 또 다들 정말 마음씨 착하다고 고마워했다. 하지만 맞다, 잘 생각해보면 산포니까, 라는 말의 의미는.

다른 사람이었다면 안 된다는 뜻이다.

다시 말해 자신만 편의를 누려왔다는 소리다.

그걸 순순히 받아들였다.

선배의 말처럼 몹시 약은 짓일지도 모른다.

"앗, 애, 얘가, 울릴 생각은 없었는데!"

"안 우러요."

그렁그렁 맺힌 눈물은 우는 범주에 안 들어간다, 산포의 판정으로는. 흘러내린 순간부터 진짜다. 여기서 끌어 올리면 아직 세이프다. 마음과 눈물샘에 힘을 주려고 카레 필래프에 달려들었다. 맛있다, 행복해, 맛있다. 위에 열기가 들어간다.

이상한 선배는 곤란한 듯이 웃으며 "아이고" 하고 한숨을 쉬었다. 귀찮음과는 조금 다른 느낌인데, 자신이 울린 후배를 앞에 두고 한숨.

그 한숨이 산포의 마음을 건드렸다. 뭔가.

뭔가, 이 사람, 뭐랄까, 뭔가 지금까지 즐겁게 대해줬던 선배가 자신을 좋아하지 않는다는 슬픔은 분명히 있지만, 자신의 부덕함을 되새기며 충격을 받은 면은 있지만, 뭔가.

뭔가.

한 대 후려치고 싶다.

물론 화풀이다, 그럼 화풀이고말고. 이 일주일간, 자신의 싫은 면을 보며 생활했다. 그래서 버거운 와중에 더욱더 싫은 부분이 내밀어졌다. 반성해야지, 좀 더 제대로 해야지, 마음으로는 그렇게 생각한다. 자신이 싫어진다. 그렇지만 지금 그걸 굳이 말할 필요 있어? 후배가 고민 끝에 상담하고 싶다고 했잖아요, 선배? 약은 짓을 해도 괜찮다는 그 말은 매번 약게 굴었으면서 새삼스럽게 무슨 소리니, 이 모자란 것아, 라는 건가요, 네네네네. 너무하잖아?

"서, 서서서, 선배도."

"응?"

"이, 이상한 사람이니까 허용되는 부분이 있잖아요? 저, 계속 선배를 이상한 선배라고 생각했어요. 그러니까 이상한 소리를 해도 어쩔 수 없다고 생각했다고요."

복수할 생각이었다. 산포 나름 혼신의. 상처를 주고 싶다거나, 사과하길 바란다거나, 그런 마음을 전부 뛰어넘어 그저 열받으니까 받아칠 뿐인 순수한 복수. 그런데 이상한 선배는 가볍게 고개를 끄덕이더니 "그렇지" 하고 산포의 주장을 인정했다.

"그렇게 살아가는 거야, 우리는."

산포는 입을 다물었다.

"약은 짓을 하거나 남에게 거짓말을 하면서도 살아가야 하니까, 스스로 나쁜 놈이라고 생각하기 싫으니까, 그래서 다른 사람이 얼마든지 제멋대로 굴게 해주고 그 대가로 나도 제멋대로 굴면서, 그래도 반드시 조금씩은 반성하면서 살아갈 수밖에 없다고 생각해. 적어도 나는 그렇게 자각하고 살면 좋겠다고 바라고, 자각하고 사는 사람이 좋아."

뭐야, 갑자기.

"으, 엑, 아."

뭔가를, 산포가 뭔가 말하고 싶어서 입을 달싹이는데 선배가 "내가 가장 불편해하는 이야기가 어떤 건지 알아?" 하고 갑자기 질문을 던졌다. 알겠냐.

"몰라요."

"어린아이라거나 다른 세계에서 왔다라거나 세상 물정을 모른다거나, 그렇게 나사 빠진 순진무구한 인간의 가치관 때문에 그 주변 어른들의 굳어진 가치관이 흔들리는 계열. 마치 닳고 닳은 상태로 열심히 살아가는 어른들이 잘못됐다고 하는 것 같아서 싫더라."

몇 권쯤 생각나는 소설이나 만화가 없진 않은 산포였으나 지금은 그런 건 중요하지 않다. 그중에 좋아하는 책이 있다면 후일 이 선배에게 비브리오 배틀을 신청하기로 하고, 산포에게는 해야 할 말이 따로 있었다.

"닳은 채 살아도 괜찮다고요?"

"아니, 조금 달라."

아니네.

"거짓말을 하거나 약게 구는 건 나쁘다고 너도 말했지. 아마 그 말이 맞을 거야. 약아빠진 짓은 나빠. 하지만 제대로 자각하고 반성한다면, 소소하게 약은 짓을 하며 살아가는 어른을 틀렸다고 말할 수 없어. 너는 자기가 틀렸다고 생각하지? 나는 산포를 아직 좋아하지 않을지도 몰라. 그래도."

성심성의껏 말하는 선배, 본 적 없을 정도로 진지한 선배, 좋아하지 않는 상대에게 좋아하지 않는다고 단언할 수 있을 만큼 이상한 선배는, 역시 좋아하지 않는 상대에게도 전력을 다해 밝은 미소를 꾸며 보여주었다. 꾸몄는지는 잘 모르겠지만.

"틀리지 않았어. 그쯤은 선배로서 용인해줄게."

그 말을 듣고 산포는 생각했다.

전부가 전부가 전부, 무리야.

"갑자기 뭐 하자는 거야 이 사람으으으으으은!"

"아니, 그러니까 울지 마! 진짜! 그냥 그런 거라고."

"아눈다거여!"

그저 뭐랄까, 이것저것 복잡한 이야기를 들어 갖가지 감정이 폭발했다.

웃기지 말라고오오, 라고 생각하며 산포는 무슨 이유에선지 이 기세와 에너지를 무언가에 써야 한다고 생각했다. 이 감정의 힘으로 빌어먹을 이상한 선배를 후려쳐도 좋았겠지만, 산포는 숟가락을 들고 남은 카레 필래프를 우걱우걱 입에 욱여넣고 씹었다. 맛있어, 역시 맛있어. 맛을 느끼는 도중에 "뭐야, 너 무서워"라는 소리가 들렸으나 알 게 뭐야, 이 선배는 어차피 자신을 안 좋아하니까 무섭다고 여기건 질색을 하건 전혀 문제 될 것 없다.

입에 밀어 넣은 카레 필래프는 왠지, 제대로 자신이 먹는 맛이 났다.

"이상한 선배, 질문이 있어요."

"오, 뭐야 뭐야, 또 까먹었어? 기억력 나쁘구나?"

이상한 선배와 그런 대화를 나누며 꺅꺅거리고 있었더니, 직원의 기행에는 익숙한 누님도 이 모습에는 '뭐 하자는 거야, 당신들' 하고 의심쩍은 시선을 보내왔다. 아니, 의심쩍은 같은 뜨뜻미지근한 수준이 아니라, 이상한 짓 하지 말라고 이 머저리들, 이라고 말하고 싶은 눈빛이다.

"산포니까 조금쯤은 놀려도 괜찮잖아."

"네, 이 선배는 이상한 사람이니까 이상하다고 해도 괜찮아요."

둘이서 무서운 선배에게 그렇게 말하자, 그녀는 기가 막힌다는 듯이 "무슨 놀이인지 모르겠네"라고 중얼거리며 자기 일을 하러 돌아갔다.

산포는 귀찮다는 티를 숨기지 않고 응해주는 선배에게 다시금 착실하게 일을 배웠다. 메모했다. 잊어버리지 않으려고 전력을 다한다.

"이상, 잊어버리지 마. 나는 누구 씨처럼 무능력한 산포를 귀엽다고 생각 안 하니까."

"네, 알고 있어요."

산포는 무서운 선배가 그런 식으로 여긴다고도 생각하지 않지만.

"그래도 솔직히 자신이 없으니까 잊어버리면 확실히 경고해주세요."

"두 번 귀찮게 하네."

이상한 선배가 쓴웃음을 지었다. 그 표정과 대사는 진심일지도 모른다. 그렇게 생각하면 조금 괴롭다. 그러나 그게 진심이어도 산포는 이 선배에게 다가가지 말아야겠다거나 말 걸기 싫다고 생각하진 않았다. 낙관적이어서 천연이어서 나사가 빠져서, 그런 이유도 있을지 모른다. 그러나 그것만은 아니다.

선배는 이런 표정과 대사를 도서관의 다른 열람실 직원 앞에서는 보여주지 않는다. 자신이 산포이니까 보여준다. 다른 사람에게 기억력 나쁘다는 소리는 안 한다. 아니, 말이 뭐 그래, 후려갈겨줄까.

아무튼 괜찮다, 산포니까, 산포로서 응석을 받아주며 대한다. 질색한다는 것을 감추지 않아도 괜찮다고 생각한다.

그걸 알았다.

그렇다면.

이 선배를 보며 산포는 큰 목표를 세웠다.

이 도서관에서의 꿈, 그 첫걸음이다.

나를 산포로 다루어준다. 그렇다면 무관심하진 않다는 소리다.

그러니 앞으로는 좋아하게끔 하면 된다. 산포니까 좋아졌다고 생각하게끔 하면 될 뿐. 이 얼마나 멋진 가능성인가.

이런 생각을 두고 낙관적이다 천연이다 나사 빠졌다, 뭐라고 불러도 상관없다. 꿈으로 가는 길 앞에서는 사소한 일이다.

이루어졌을 때, 진심으로 말해줘야지. 시건방진 얼굴로 말해줘야지.

나는 산포로서 당신과 만나서 좋았다고.

무기모토 산포는
오늘이 좋아

무기모토 산포는 잘 때가 아니면 일어나 있다. 말할 필요도 없는 소리지만, 산포는 현재 원해서 일어나 있는 것이 아니다. 따라서 지금 일어나 있다는 사실이 산포 자신에게 당연한 일이 아니라고 보여주고 싶다. 누구에게 보여주고 싶은지 묻는다면, 일어나 있다고 칭찬해줄 누군가에게라고 산포는 대답하리라. 그녀는 일하러 가기 위해서 오늘도 아침 일찍 따뜻한 이불에 작별을 고해야 하는 것을 몹시 못마땅하게 여겼다. 사실은 10시 정도까지 자고 싶은데.

커튼을 쳐둔 방, 침대 위에서 조금 일찍 울린 알람을 끄고 이불에 파묻혀 스마트폰을 만졌다. 메시지함, 트위터, 포털 사이트. 매일 관성으로 확인하는 사이트도 전부 보았으니 슬슬 움직여야 하는데 마음도 몸도 무겁다. 컨디션은 완벽하고 기분도 아주 좋다. 그저 귀찮다. 내키지 않는다. 이 보송보송한 이불과 계속 함께하고 싶다. 일전에 일을 땡땡이친 후 2주쯤은 자신을 잘 다독여 재빠르게 일어났으나, 이미 그런 것 알게 뭐냐, 열정을 잊었다. 지금은 어째서 좋아하는 것과 함께 있기만 해선 안 되는지, 산포는 반쯤 진심으로 생각하며 시트에 뺨을 비볐다. 부비부비.

대학에 다닐 때는 좋았다. 자기 재량껏 1교시에 강의를 넣지만 않으면 자연스럽게 잠에서 깨 폰을 보거나, 손 닿는 곳에 둔 책의 그다음을 읽어도 여유만만이었다. 그런데 이게 뭔가, 사회인이 되자 일어나는 시간도 알람의 시끄러움도 고등학생 시절로 되돌아갔다. 역행했다. 그렇다면 대학생이란 인생의 전성기, 반환 지점이었을까.

우울한 생각이나 할 때가 아니다. 출근 시간은 시시각각 다가온다. 산포는 이불의 유혹에서 어떻게든 몸을 해방시키려고 힘껏 힘을 주었다. 몸이 아니라 머리에 말이다. 끄으응, 신경을 집중해 이미지를 그렸다. 사실은 산포, 어제 선배에게 오늘 아침은 쌀쌀할 거라는 말을 듣고 일어나는 게 한층 더 고통스러우리라 예상했다. 그래서 미리 대책을 세웠다.

아침용으로 사랑하는 치즈 찐빵을 준비해뒀다. 좋아하는 것에서 좋아하는 것으로 바통 터치. 이불에서 치즈 찐빵으로 토스. 산포의 손쉬운 비책이다.

치즈 찐빵 치즈 찐빵 치즈 찐빵. 폭신폭신 달콤하게 녹아내리는 치즈 맛, 좋았어.

산포는 결심하고 몸에서 과감하게 이불을 벗겨냈다. 그리고 힘차게 한 번 더 몸으로 끌어당겼다. 아, 안 돼, 역시 추워. 잠에서 깨자마자 켠 난방의 설정 온도를 2도 올렸다.

그냥 이대로 출근할까. 무리일까. 시내에 가면 멋있는지 아닌 건지 모를 옷을 입은 사람이 얼마든지 있으니까 이불쯤은 입어도 괜찮지 않나. 그렇게 생각한 산포지만, 예전에 잠에 취해 잠옷 차림으로 출근하려다가 주변 사람들의 시선을 깨닫고 쪽팔려서 새빨개졌던 일을 떠올렸다. 또 쪽팔려서 제자리에서 바동거린다. 흑역사다.

결국 산포는 기합을 넣어 이불에서 튀어나오지 못했다. 타협안으로 홑이불만을 몸에 두르고 일어나 우선 커튼을 젖혔다. 화창하다. 축축하지 않아서 좋지만 복사냉각 현상이 심각하겠다. 으으, 이불로 돌아가고 싶어.

그렇게 생각했으나, 그런 짓을 하면 전부 끝장이다. 산포는 홑이불 도롱이 벌레 상태인 채 테이블로 가서, 거기 놓아

둔 치즈 찐빵 봉지를 뜯은 후 금방 다시 일어났다. 음료를 깜박한 걸 깨달았다. 발을 질질 끌며 마루를 걸어 부엌으로 접근했다. 가능한 한 홑이불에서 손을 내밀지 않으려고 어물거리며 주전자에 물을 받아 스위치를 눌렀다.

고오오오 힘을 축적하는 듯한 소리가 울렸다. 주전자로 두부피를 만들 수 있을까. 젓가락으로 쥐고 있다가 델 것 같다. 그런 생각을 하며 멍하니 까만 주전자를 지켜보는데 물이 금방 끓었다. 예전에 출판사에 다니는 사랑하는 친구에게 받은 머그잔에 티백을 넣고 뜨거운 물을 부었다. 산포는 티백이 물에 닿아 촉촉해지는 광경을 지켜보는 것이 좋다. 마치 욕조에 들어가 혈색이 좋아지는 광경을 보는 것 같아서 이쪽까지 따끈따끈해지는 기분이다. 따뜻한 물에 흔들리는 모습이 가끔 목욕탕에서 가서 온몸을 부력에 맡겼을 때의 자신과 비슷하다. 오늘 가는 곳이 직장이 아니라 목욕탕이면 좋을 텐데. 인생이란 이토록 먹고살기 어렵다.

물에 홍차 성분이 녹아 나왔다. 물론 산포는 티백을 꺼낼 때 잡아야 할 부분까지 물에 담가버리는 실수를 하므로, 포크로 건져 올려 손가락으로 잡았다. 으악, 뜨거워서 일단 손가락을 뗐다. 다시 포크에 걸쳐 티백을 물 중간에서 위아래로 움직이며 성분을 재확인하듯 우려낸 뒤 포크째 싱크대에

놓았다. 버리는 건 식은 후에.

머그잔을 테이블 위에 놓고 의자에 앉으면 드디어 산포의 아침 식사 재개다. 이미 뜯어놓은 치즈 찐빵 봉지를 보고 어머나 친절한 사람이 뜯어줬나 봐, 하고 익살을 떨며 홍차를 마셨다. 호로록 소리와 함께 몸에 들어간 홍차는 풍부한 향과 은은한 쓴맛 그리고 열기로 산포의 몸에 확실히 용기를 주었다. 감동적인 한 모금이다. 가장 추운 시기도 머지않아 끝나려는 날의 아침에 티백 홍차로 이렇게 행복해질 수 있다면, 극한 지방에서 최고급 밀크티를 마시면 감동해서 죽어버릴지도 모른다. 사인은 뭘까. 흉기는 그 온기.

아무튼 홍차의 따스함과 차츰 효과가 나타나는 난방에 둘러싸인 산포는, 과감하게는 무리여서 조심스럽게 홑이불을 몸에서 벗겨보았다. 마치 번데기에서 나오는 것처럼. 으음, 아직 춥다. 그래도 못 견딜 정도는 아니다. 산포는 홑이불을 침대 쪽으로 뭉쳐서 던지고 혼자 살아가겠다고 결심했다. 안녕, 홑이불아.

산포는 김이 나는 머그잔에 가만히 손을 대 온기를 얻었다. 세게 건드리면 화상을 입으니까 닿을까 말까 한 지점에서 온기를 즐긴다.

어느 정도 손끝이 데워진 시점에 다시금 치즈 찐빵에 손을 뺐었다. 봉지의 뜯어진 부분으로 손가락을 넣어 빵을 가볍게 집었다. 부들부들한 찐빵, 세게 쥐어 압축하면 그 폭신폭신함이 손상되니까 낭패다. 조심스럽게 빵을 끌어당겨 꺼내자 그 신비로운 전모가 드러났다.

그 순간, 봉지에 갇혔던 향기도 같이 튀어나와 산포의 코와 공복을 자극했다. 넘치는 향에 아예 이 냄새를 뿜어내는 알람시계를 개발하려는 생각까지 했으나, 숙취일 때 실수로 알람이 울리면 토할 테니 그만두자고 마음을 바꿨다. 애초에 한길만 걸어온 그녀에게 그런 기술은 없다.

빵 주변에 둘린 얇은 종이를 벗겼다. 조심하는데도 후드득후드득 파편을 테이블 위에 떨어뜨린 뒤, 산포는 두 손으로 받친 사랑하는 음식을 드디어 깨물었다.

"……으후후후후후후후."

무의식중에 미소를 넘어 웃음소리를 흘릴 정도의 맛. 폭신폭신하고 향기롭고 달콤하고 산뜻하고 무겁지 않고 이와 혀에 닿는 감촉은 물론이고 위장에도 부드럽고, 이를 대지 않아도 뭉크러질 정도로 무른데 입안에서 녹은 후에 남은 향은 자기 존재를 절대 잊지 않게 하겠다는 강렬함을 지녀서, 네가 왜 인기인지 알겠다며 산포는 치즈 찐빵의 매력에 새삼스럽게 감탄했다. 겨우 한 입 먹고서도 조금 전보다 두

배쯤은 활기차진 산포는 이어서 두 입, 세 입을 야금야금 흡수하고 환희의 한숨을 내쉬었다.

단맛으로 순식간에 각성한 산포는 테이블 위에 있던 리모컨으로 텔레비전을 켰다. 밀실이었던 실내에 공기가 통한 것 같다. 실제로는 환기하지 않았다. 추운걸.

리모컨으로 채널을 이리저리 바꿔, 봄을 겨냥한 디저트 특집을 해주는 방송으로 정했다. 산포는 단것을 좋아하고 시사 교양 프로그램은 안 좋아한다. 뭐가 맛있는지에 흥미가 있지, 만난 적도 없는 사람이 정당한지 부당한지에는 전혀 흥미가 없다.

디저트 특집에서 백화점 식품 매장에서 파는 딸기 케이크를 선전했다. 맛있겠다. 백화점은 머니까 퇴근길에 편의점에서 케이크를 사 와야지. 요즘 편의점 디저트는 수준 높다. 전에 먹은 가토 쇼콜라는 엄청났다. 그건 대체 뭐였을까, 공장에 파티시에가 몇 명 있어야 할까.

멍청한 생각을 하다가 치즈 찐빵의 비교적 큰 덩어리를 바닥에 떨어뜨렸다. 산포는 느긋하게 주우려다가 이마를 테이블에 박았다. 눈물 글썽. 얼빠진 꼴에 잔소리해줄 사람도 혼자 사는 원룸에는 없다. 산포는 조각을 줍고 이마를 만지작거리며 이미 입에 들어간 치즈 찐빵을 입 안에서 우물거렸다.

문득 대학 시절에 주변에서 산포의 츳코미(일본 코미디에서 멍청한 행동을 하는 보케를 지적하며 이야기를 이끌어가는 역할—옮긴이) 담당이라고 불렸던 친구가 생각났다. 머그잔을 준 그녀와는 또 다른 건강하고 활발한 여자 친구다.

"으흥."

빵의 달콤함을 직접 혀로 느끼지 못해도, 좋아하는 것이나 사람을 생각하기만 해도 산포는 통증과 함께여도 행복해진다. 얼빠진 행동을 두고 친구가 뭐라고 지적하는 것도 산포는 좋았다. 사회인이 된 후에도 산포는 매일 지적을 받는데 그것과는 다르다. 사랑 넘치는 잔소리. 산포가 좋아하는 친구는 산포의 멍한 부분도 나사 빠진 부분도 절대 비웃지 않는다. 지금 직장에서도 비웃는 사람은 없으나, 곧장 업무상 과실로 연결되므로 그저 무진장 혼쭐이 날 뿐이다. 울고 싶다.

오늘은 혼날까, 싫은데, 그렇게 생각하며 산포는 느긋하게 홍차를 홀짝였다. 어떤 점이 느긋한가 하면, 툭하면 화를 내는 선배의 얼굴을 떠올리고 화만 안 내면 귀여울 텐데, 하고 선배가 절대 안 입을 롤리타 패션을 걸치고 책장 사이를 걷는 모습을 상상하고서 싱글벙글하는 점이다.

선배를 얕잡아보는 면도 사실 있는데, 혼나는 것은 어쨌거나 정말 싫다. 살면서 대놓고 혼났던 일은 잘 없다. 고등학생 때도 대학생 때도, 수업 중에는 기본적으로 얌전히 있으면 아무 일도 없었다. 대학 시절에는 아르바이트도 했는데 흠씬 혼난 적은 없었다. 그런데 뭐야. 어른이 된 후로 툭하면 혼난다. 애가 아니니까 좀 더 칭찬하면서 키워주면 좋겠다.

역시 옛날이 좋았다고 과거 미화에 빠지는 산포. 치즈 찐빵을 홍차에 살짝 적셔서 입에 넣고 씹는다. 찍어 먹다니 나 세련됐다, 흡족해한다.

텔레비전을 보며 벌써 봄이네, 1년이 참 빨리 간다며 어쩐지 감상에 젖는다. 그러나 시간이 빨리 흐른다고 싫진 않다. 3월 연휴에는 친구와 놀러 가기로 약속했다. 빨리 그날이 오면 좋겠다고 산포는 애타게 바랐다.

좋았어, 산포는 의욕이 넘치는 척 머릿속으로 생각하며, 남은 치즈 찐빵 덩어리를 입안에 욱여넣고 일어났다. 슬슬 출근 준비를 해야 할 시간이다. 전에는 좀 더 아슬아슬한 시간이 되어서야 대충 준비하고 집을 나섰다. 그러다가 잠옷 사건으로 지각해서 혼난 후로는 선배의 충고를 듣고 일찌감치 움직이려고 유의한다. 그때 산포가 선배에게 들은 말이란 이것이다. "거북이도 일찍 출발하면 농땡이 안 부리는 토끼와 좋은 승부를 펼칠 수 있어." 최소한 이긴다고 말해주면 좋겠다.

보통 후배를 거북이에 비유하냐고요, 이런 소리를 대놓고 말하지 못하는 산포는 눌린 머리를 손질하며 거울에 대고 혀를 내밀었다. 자신이 보기에도 길다. 코에 닿는다.

바보 같은 짓은 그만하고 이를 닦았다. 산포는 이를 닦는 동안 가만히 못 있는 버릇이 있다. 치카치카를 하며 방을 어슬렁거리는데, 어제 우편함에 들어 있던 슈퍼의 할인 전단이 바닥에 떨어져 있었다. 주워서 살펴본다. 치카치카, 뚝뚝.

"프잉, 흐인."

푸딩 할인이라고 말했다. 산포는 오늘 귀갓길 코스를 정한다. 이 가격이라면 세 개쯤 사도 괜찮겠다. 기대된다.

꼼꼼히 이를 닦고 입을 헹군 뒤, 산포는 이제 슬슬이라는 기분으로 침을 삼키고 잠옷을 단숨에 벗었다. 침대를 향해 상하의 함께 집어 던지고, 서둘러 옷장을 열어 셔츠와 카디건을 끄집어냈다. 허겁지겁 옷을 입고, 산포치고는 날래게 베이지 치노팬츠를 들고 입으려다가 다리가 걸려 한 번 고꾸라졌다. 팔꿈치의 통증을 견디며 넘어진 채로 꾸물꾸물 바지를 입고, 누운 자세로 출근 차림 일보 직전을 완성했다.

벌떡 일어나자 팔꿈치가 저릿저릿 울리는 느낌과 함께 먼지가 붙어 왔다. 손바닥으로 탈탈 털자 먼지는 떨어졌으나 통증은 가시지 않았다. 그래도 그 대신 옷 갈아입는 중에 그렇게 춥지 않았으니까 괜찮다.

산포는 팔꿈치를 문지르며 의자에 앉았다. 이제부터 시작할 화장이 외출 전의 최종 공정. 오늘은 도시락을 안 쌀 거니까 이걸로 최종 공정이다. 몹시 귀찮아하고 뭐든 대충인 산포지만 사실 화장하는 시간이 싫지 않다. 복잡한 화장은 못 하지만 업무용 내추럴한 화장은 하는 내내 즐겁다. 산포가 대단한 미인이라 자기 얼굴을 좀 더 아름답게 꾸미려고 열을 올리는 것은 아니다. 그저 언젠가는 진한 립스틱이나 아이섀도에 그치지 않고 프로레슬러처럼 본격적인 분장을 하고 싶다는 꿈으로 향하는 도중에 있는 것 같아서, 산포의 마음을 신바람 나게 해준다.

물론 그런 꿈같은 이야기만은 아니고, 현실적으로 존재하는 외모상 콤플렉스를 감추고 싶은 기분도 산포에게는 있다. 산포는 동안이라는 이유로 내면까지 어린애 같다고 여겨지는 것이 탐탁지 않다. 직장 언니들은 귀엽다고 해주지만, 봉제 인형 따위에 쓸 때와 같은 의미로 쓰는 거 아닌가요? 당연히 대놓고는 말 못 할 생각을 한다. 화장하면 민낯

보다는 조금이라도 어른스러운 얼굴이 되는 것 같다. 귀엽다고 말해주는 직장 선배들과 만날 때, 늘 화장하고 있다는 사실에는 눈을 감는 수밖에 없다.

어설프지만 화장을 마치고 텔레비전에 시선을 주자 늘 집에서 나가는 시간까지 아직 7분이나 남았다. 여유롭다. 일단 아침부터 혼날 가능성 하나를 배제할 수 있어 기뻐진다.

의자에 앉아 남은 홍차를 마시며 산포는 딱히 뭔가 하지 않고 멍하니 텔레비전을 응시했다. 할 일을 못 찾아서가 아니라, 산포는 이런 아무것도 아닌 시간을 좋아한다. 아침에 말끔히 준비를 마쳐서 문제없이 일하러 갈 상태가 된 후에 생긴 여분의 시간, 제대로 해낸 자신에게 주는 상과도 같은 이 시간의 달콤함은 일을 시작하고서 처음으로 알게 된 것 중 하나다.

산포는 오늘 하루를 생각했다.

실수 없이 마무리 지을 수 있을지의 걱정과 야단맞지 않을지의 걱정을 발견했다.

이어서 이른 아침 조용한 도서관의 공기를 마시는 즐거움과 점심 메뉴를 고르는 즐거움과 화를 잘 내는 선배가 점심을 먹으며 우아하게 젓가락을 쓰는 모습을 보는 즐거움과 저녁 메뉴를 고르는 즐거움과 푸딩을 사서 먹는 즐거움을 발견했다. 아, 그러고 보니 오늘은 〈뮤직 스테이션〉에 좋아하는 아티스트가 나오는 날이다. 그런 것들을 떠올렸다.

머릿속을 더듬어본 산포는 뭔가 평범하게 즐거움 쪽이 많다 싶어서, 왜 직장에 가는 것을 두렵게 여겼는지조차 까먹었다.

"으흥."

즐거운 일이 기다린다고 생각하면 출근도 치즈 찐빵에서 이어지는 바통 터치일지 모른다. 좋아하는 것이 잔뜩 있으니까 이불에만 순정을 바치기 아까워서 오늘도 직장에 가기로 했다. 그렇게 생각하면 오늘 지금부터가 왠지 모르게 기대된다.

대학 시절도 분명 좋았다. 그러나 얼마 전에 먹은 가토 쇼콜라의 맛도 이미 혀 위에서 사라졌다. 한 번 더 맛보고 싶다면 새롭게 먹어야 한다. 그럴 수 있는 것은 오늘부터의 자신뿐이다. 왜냐하면 먹고 싶은 건 지금 자신이니까, 과거의 자신에게 양보하고 어떻게 참겠어.

반환 지점은 아마도 없다.

오늘도 앞으로 나아가지 않으면, 오늘 지금부터 일어날 즐거운 일을 맛보지 못한다.

산포는 슈퍼에 있으면 가토 쇼콜라도 사 오자고 결심하

고 일어났다. 8분 지났다. 슬슬 나가야지.

리모컨을 손에 들고 텔레비전에 겨누는데, 화면 너머에서 인터뷰 중인 초등학생이 가장 좋아하는 과자에 관해 열정적으로 설명하고 있었다. 결국 그 아이가 초콜릿을 굉장히 좋아한다는 사실 이외에는 알 수 없었으나, 산포의 입안은 초콜릿을 향한 기대로 채워졌다. 역시 가토 쇼콜라도 사와야겠다고 생각하며 텔레비전을 껐다.

대단한 일은 생기지 않는다.

수수께끼도 사건도 판타지도 없다.

그런 매일 속에서 어떤 식으로 살아가든 아마도 그다지 달라지는 것은 없으리라고 산포는 생각한다. 그래도 가능하면, 부디 자신도 싫어하는 것이 아니라 좋아하는 것을 말하고 싶다고 산포는 바란다.

무기모토 산포란, 그렇게 차분하면서도 사치스러우며 어디에나 있는 어른이다.

그날, 일전에 어떤 실수를 저질렀다는 사실이 발각된 산포는 "과거의 내가 반환 지점인가"라고 변명했다가 또 혼쭐이 났다.

무기모토 산포의 일상은 이어진다.

옮긴이의 말

귀여운 주인공이 보여주는 일상의 소중함

먼저 무기모토 산포에게 고맙다는 말부터 하고 싶다. 엉덩이가 무거워 밖에 나가기 싫어하는 내가 산책을 좋아하는 산포 덕분에 동네를 어슬렁거리는 취미가 생겼다. 산포처럼 단짠단짠을 즐기고 싶어서 달콤한 과자와 짭조름한 오징어를 쌓아두고 먹는 즐거움도 만끽했다. 번역하는 동안 즐거웠던 만큼 몇 달 전만 해도 잘 입던 옷이 몸에 안 맞게 됐지만, 넉넉해진 몸과 비례해 마음도 행복해졌다. 전부 산포 덕분이다. 나도 팬이니까 팬서를 해주면 좋겠다! 아, 산포. 이토록 귀엽고 사랑스러운 주인공이라니. 거기에 가만히 지켜보면 순간순간 짜증이 나서 속이 타기까지 하니, 위장에도 단짠단짠 마음에도 단짠단짠이다. 무서운 선배가 왜 호시탐탐 산포의 정수리에 꿀밤을 먹이고 뺨을 잡아 늘이는지 그 마음이 이해됐다. 그에 일일이 반응하는 산포도 재미있으니 앞으로도 열심히 정수리에 혹이 생기고 뺨이 길쭉하게 늘어나기를.

무기모토 산포라는 재미있는 인물을 만들어낸 스미노 요루는 『너의 췌장을 먹고 싶어』로 대대적인 주목을 받으며 말 그대로 혜성처럼 등장한 작가다. 우리나라에도 작품 대부분이 출간되었고, 빠짐없이 챙겨 보는 열혈 독자도 많다. 『밤의 괴물』이나 『또다시 같은 꿈을 꾸었어』, 『나「」만「」의「」비「」밀「』처럼 주로 중고등학생 주인공을 내세운 작품이 많은데, 이 『무기모토 산포는 오늘이 좋아』의 주인공은 직장인이다.

스미노 요루가 보여주는 직장인의 세계라면 또 색다르겠다는 기대를 품고 책장을 펼치면, 곧바로 산포가 어떤 인물인지 일목요연하게 알 수 있다. '멍하다, 많이 먹는다, 덜렁댄다, 얼빠졌다.' 으흠……. 주위 평판만 말하면 불공평하니 산포의 표현도 빌리자면, 매사에 집중하는 타입이고 음식 맛을 음미할 줄 알고 사소한 실수를 종종 저지르고 얼빠졌다. 얼빠졌다는 표현만큼은 대체할 말이 없어 인정하는 산포, 참으로 솔직하다. 고쳐 말한 표현이 과연 평판 상승에 도움이 될지는 모르겠다만. 아무튼 똑 부러지고 빠릿빠릿한 직장인의 세계와는 거리가 먼 이야기라는 것을 처음부터 알 수 있다. 이거야 원, 시작부터 이렇게 나오다니? 더욱 기대감을 품고 한 문장 한 문장을 열심히 쫓아갔다. 기대가 높으면 실망할 때가 많다지만, 이번에는 이 법칙이 기분 좋게 빗나갔다. 맹하고 얼빠진 직장인의 말 하나하나 행동 하나하나 생각 하나하나가 어찌나 귀엽던지. 몇 줄을 읽은 시점에서 나는 산포에게 푹 빠지고 말았다.

성격 탓도 있겠고, 직장이 대학교 도서관이어서 그런지 산포는 여전히 학생 같다. 대학을 졸업한 지 얼마 안 된 20대이니 당연히 어리다. 그래도 산포는 열심히 일해서 번 돈으로 원룸에서 자취하고 세금도 내는 어른이다. 계획적으로 장을 보고 혼밥도 즐기고 과자를 폭풍 구매해 내수 경제도 지탱한다. 사회를 구성하는 훌륭한 일원이다. 무엇보다 우리 산포, 되는 대로 대충 사는 것처럼 보이지만 알고 보면 아주 단단한 사람이다. 줏대 없이 남들에게 끌려다니지 않는다. 좋아하는 것은 좋아하는 것, 싫어하는 것은 싫어하는 것이라고 확실히 구분할 줄 안다. 싫어하는 것보다는 이왕이면 좋아하는 것을 보고 듣고 하는 쪽을 선택할 줄 안다. 매일 특별한 일이 생기지 않아도 괜찮고, 매일 눈이 튀어나오게 맛있는 음식을 먹지 않아도 괜찮고, 매일 친구와 만나 놀지 않아도 괜찮다. 가끔 찾아오는 특별한 이벤트를 마음껏 즐기고, 별다른 것 없는 일상 또한 마음껏 즐긴다. 남들에겐 별것도 아닌 일을 꾸역꾸역 고민한 끝에 해결하려고 노력하는 면도 있다. 한마디로 정리하면, 자기중심을 잘 잡고 세상을 살아가는 멋진 사람이다. 얼빠졌지만 인생을 자기 나름대로 살아가는 당당한 주인공이라니, 어떻게 사랑하지 않고 버티겠나.

에필로그 격인 「무기모토 산포는 오늘이 좋아」에서, 산포는 출근하기 싫다고 침대에서 뒹군다. 나야 출근과는 인연이 없지만, 아침에 눈을 뜨면 최소 십 분간은 아무것도 하기 싫은 상태이니 산포의 심정에 공감했다. 그래도 산포는 폭신폭신한 이불에서 치즈 찐빵으로 시선을 옮기고, 이어서 도서관에서 겪을 즐거운 일 이모저모를 상상하며 출근을 선택한다. 좋아하는 일로 바통 터치하며 살아가겠다고 생각하는 마음가짐이 기특하다. 산포 주변에는 살아가는 산포를 칭찬해주는 사람이 없으니까 종이 너머로나마 열심히 칭찬해주고 싶다.

평범하고 뻔해서 지루한 일상이라도 그 안을 살펴보면 사람마다 제각각 좋아하는 것이 있다. 공부는 지겹고 출근도 싫고 취미도 없어서 인생 자체가 재미없다고 툴툴대는 사람도 헤이즐넛 시럽을 한 방울 넣은 아이스 아메리카노나 '퍼가요' 습격에서 살아남은 월급으로 먹는 배달 음식이나 오랜만에 만난 친구와 하는 데이트처럼 자신만의 일상 속 특별함이 있을 것이다. 우리는 그런 일을 즐기면서 사는 삶을 얼마든지 선택할 수 있다. 스미노 요루가 무기모토 산포를 통해서 하고 싶었던 말이 바로 이것 아닐까. 워낙 각박한 세상이니 하루하루 살아가기만 하는 것도 벅차다. 지금의 소소한 일상을 아끼라는 충고를 미래를 포기하라는 소리냐고 고깝게 들을 수도 있다. 그래도 작고 소중한 기쁨을 하나하나 모으며 사는 삶이 '힘들어, 짜증 나, 하기 싫어'라는 말을 입에 달고 사는 삶보다 훨씬 즐겁지 않을까? 당연히 힘들 때도 있고 짜증 날 때도 있고 하기 싫을 때도 있다. 그럴 때는 산포처럼 큰마음 먹고 땡땡이를 쳐보면 어떨까. 실제로는 자기 앞가림하며 살아야 하니 땡땡이칠 순 없겠지만, 머릿속으로라도 성질 돋우는 이것저것의 정수리에 으라차차 잽을 날려보자.

사랑스러운 산포가 온몸을 바쳐 전해주는 무의미한 일상의 소중함을 우리나라에 소개하는 역할을 맡게 되어 기쁘다. 내가 산포를 만나 팬이 된 것처럼 많은 사람이 산포의 팬이 되면 좋겠다. 고백하자면, 나도 스미노 요루의 열혈 독자 중 하나다. 다음 책이 언제 나올지 애타게 기다렸는데 이렇게 번역을 맡는 특별한 일이 생기다니. 역시 늘 똑같은 듯하면서도 조금씩 행복함을 쌓아가는 일상이 최고다. 최근 일본에서 산포의 두 번째 이야기가 출간되면서 이 작품이 스미노 요루의 첫 번째 시리즈물이 됐다. 두 번째 이야기에서는 선배들에게 매일같이 혼나기만 하는 산포에게 후배가 생겼다고 한다. 과연 산포가 선배 역할을 잘할 수 있을지 조금 걱정되지만……. 그래도 산포라면 매일 즐겁게 살아갈 것이다. 그런 모습을 보여주는 것이 산포의 팬서다. 산포의 이 평범하면서 조금 새로운 일상을 계속 전할 수 있으면 좋겠다.

이소담

무기모토
산포는
오늘이 좋아

1판 1쇄 발행 2021년 7월 20일
1판 4쇄 발행 2024년 6월 10일

저　　자 스미노 요루
옮 긴 이 이소담
발 행 인 유재옥

부 사 장 이왕호
이　　사 조병권
출판본부장 박광운
편 집 1 팀 최서영
편 집 2 팀 정영길 조찬희 박치우 정지원
편 집 3 팀 오준영 이소의 권진영
디자인랩팀 김보라 박민솔
디지털사업팀 박상섭 김지연 윤희진
라이츠사업팀 김정미 맹미영 이윤서
영업마케팅팀 최원석 박수진 이다은
물 류 팀 허석용 백철기
경영지원팀 최정연
표지 디자인 곰곰사무소
발 행 처 (주)소미미디어
인쇄제작처 코리아피앤피
등　　록 제2015-000008호
주　　소 서울시 마포구 토정로 222, 502호(신수동, 한국출판콘텐츠센터)
판　　매 (주)소미미디어
전　　화 편집부 (070)4260-1393, (070)4260-1391 기획실 (02)567-3388
판매 및 마케팅 (070)8822-2301, Fax (02)322-7665

ISBN 979-11-384-0085-5 (03830)

* 책값은 뒤표지에 있습니다.
* 파본은 구입하신 서점에서 교환해드립니다.